Una separación

Una separación

KATIE KITAMURA

Traducción de
Ana Mata Buil

LITERATURA RANDOM HOUSE

Papel certificado por el Forest Stewardship Council®

Título original: *A Separation*

Primera edición: octubre de 2018

© 2017, Katie Kitamura
© 2018, Penguin Random House Grupo Editorial, S. A. U.
Travessera de Gràcia, 47-49. 08021 Barcelona
© 2018, Ana Mata Buil, por la traducción

Printed in Spain – Impreso en España

ISBN: 978-84-397-3478-9
Depósito legal: B-16.572-2018

Compuesto en La Nueva Edimac, S. L.
Impreso en Cayfosa (Barcelona)

R H 3 4 7 8 9

Penguin
Random House
Grupo Editorial

Para Hari

1

Todo empezó con una llamada telefónica de Isabella. Quería saber dónde estaba Christopher y me vi en la tesitura de tener que decirle que no lo sabía. A sus oídos debió de sonar increíble. No le dije que Christopher y yo nos habíamos separado seis meses atrás, ni que hacía casi un mes que no hablaba con su hijo.

Mi incapacidad para informarle del paradero de Christopher le pareció incomprensible, y su respuesta fue mordaz, aunque no del todo sorprendida, algo que en cierto modo solo sirvió para empeorar las cosas. Me sentí humillada y a la vez incómoda, dos sensaciones que siempre han caracterizado mi relación con Isabella y Mark. Y eso a pesar de que Christopher me decía a menudo que yo les causaba el mismo efecto, que debía esforzarme por no ser tan reservada, porque era fácil confundir esa actitud con la arrogancia.

¿No sabía que algunas personas me consideraban esnob?, me preguntó más de una vez. No lo sabía. Nuestro matrimonio se sustentaba en las cosas que Christopher sabía y yo no. No era meramente una cuestión de intelecto, aunque en ese sentido Christopher también tenía ventaja, pues sin duda era un hombre inteligente. Se trataba más bien de los datos ocultados, de información que él tenía y yo no. En pocas palabras, era una cuestión de infidelidades: la traición siempre coloca a un miembro de la pareja en una posición de conocimiento y deja al otro a oscuras.

Sin embargo, la traición no era (al menos, no necesariamente) el motivo principal del fracaso de nuestro matrimonio. Ocurrió poco a poco. Incluso después de acordar separarnos, había asuntos prácticos que atender; desmantelar el edificio de un matrimonio no es poca cosa. La perspectiva era tan abrumadora que empecé a preguntarme si alguno de los dos se lo estaba repensando, si había alguna duda enterrada en las profundidades bajo toda la burocracia, acallada entre las pilas de papeles y formularios electrónicos que intentábamos evitar a toda costa.

Por eso era comprensible que Isabella me llamase para preguntar qué había pasado con Christopher. Le he dejado tres mensajes, me dijo, pero me salta directamente el buzón de voz, y la última vez que llamé sonó un tono del extranjero...

Pronunció la palabra «extranjero» con un deje de sospecha que me resultaba familiar, con desconcierto (no podía imaginar una sola razón para que su único hijo deseara alejarse de su radio de acción) y resentimiento. Entonces volvieron a mí ciertas palabras, frases pronunciadas a lo largo de nuestro matrimonio: eres extranjera, nunca te has integrado del todo, es simpática pero no es como nosotros, tenemos la sensación de que no te conocemos (y luego, por último, lo que sin duda diría si Christopher le contase que lo nuestro se había terminado), es mejor así, cariño, en el fondo nunca formó parte de la familia.

… y por eso me gustaría saber: ¿dónde está mi hijo? De inmediato empezó a palpitarme la cabeza. Hacía un mes que no hablaba con Christopher. Nuestra última conversación había sido por teléfono. Christopher había dicho que, aunque saltaba a la vista que no íbamos a reconciliarnos, no quería empezar el proceso —utilizó esa palabra, indicadora de algo continuo y progresivo, en lugar de un acto decisivo y singular, y por supuesto tenía razón, el divorcio era algo más orgánico, en cierto modo más contingente de lo que parecía al principio— de contárselo a la gente.

¿Podíamos mantenerlo en secreto? Al principio dudé; no era que me pareciese mal la propuesta: la decisión todavía era reciente en ese momento, e imaginaba que Christopher se sentía casi como yo, que todavía no sabíamos bien cómo contar a los demás la historia de nuestra separación. Sin embargo, lo que no me gustaba era ese aire de complicidad, que parecía incongruente con nuestro propósito. A pesar de todo, dije que sí. Christopher, al notar la vacilación en mi voz, me pidió que se lo prometiera. Prométeme que no se lo contarás a nadie, por lo menos de momento, por lo menos hasta que volvamos a hablar. Irritada, accedí, y luego colgué.

Esa era la última vez que habíamos hablado. Ahora, cuando insistí en que no sabía dónde estaba Christopher, Isabella soltó una risa seca antes de decir: No seas ridícula. Hablé con Christopher hace tres semanas y me contó que los dos os ibais juntos a Grecia. Teniendo en cuenta lo mucho que me está costando contactar con él, y dado que es evidente que tú estás aquí en Inglaterra, lo único que se me ocurre es que se haya ido a Grecia sin ti.

Me quedé tan perpleja que no pude responder. No entendía por qué le habría contado Christopher que íbamos a viajar juntos a Grecia, si yo ni siquiera sabía que él pensaba salir del país. Isabella continuó: Últimamente trabaja mucho, ya sé que ha ido allí para investigar y…

Bajó la voz de un modo que me costó descifrar, podría haber sido una vacilación genuina o su mera reproducción, Isabella era capaz de semejantes manipulaciones.

… estoy preocupada por él.

De entrada, esa confesión no me impactó demasiado y no me tomé muy en serio su preocupación. Isabella creía que la relación con su hijo era mejor de lo que era en realidad, un error natural en una madre, pero que en su caso provocaba de vez en cuando un comportamiento algo excéntrico. En otras circunstancias, la situación habría despertado en mí una sensación de triunfo: que esa mujer acudiera a mí en busca de ayuda en un asunto relacionado con su hijo habría podido significar algo hace apenas un año, hace apenas seis meses.

Ahora, lo que sentía mientras la escuchaba era sobre todo agitación e inquietud. Desde hace un tiempo está un poco raro, lo llamé para preguntarle si a los dos —otra vez «los dos», quedaba claro que no sabía nada, que Christopher no se lo había confesado— os apetecería venir a pasar unos días en el campo, respirar un poco de aire puro. Entonces fue cuando Christopher me contó que os ibais a Grecia, que tenías que terminar una traducción y que él aprovecharía para investigar. Pero ahora —soltó un breve suspiro de exasperación— me encuentro con que tú estás en Londres y él no responde al teléfono.

No sé dónde está Christopher.

Se produjo una ligera pausa antes de que volviera a la carga.

En cualquier caso, debes ir a reunirte con él de inmediato. Ya sabes lo poderosa que es mi intuición, sé que algo va mal, no devolverme las llamadas no es propio de él.

La llamada de Isabella tuvo algunas consecuencias que me resultan extraordinarias, incluso ahora. Una de ellas es que yo obedeciera a esa mujer y viajase a Grecia, un lugar que no tenía deseo alguno de visitar, con un propósito que no me quedaba en absoluto claro. Cierto, Christopher le había mentido a Isabella al decirle que íbamos a viajar juntos a Grecia. Si no quería contarle a su madre lo de la separación, habría sido más fácil inventarse alguna excusa para explicar por qué viajaba solo: que yo había tenido que ir a un congreso, que iba a pasar unos días con una amiga que tenía tres hijos y por lo tanto siempre necesitaba que le echasen una mano y le hiciesen compañía…

O podría haberle contado una verdad a medias, al menos para empezar a mentalizarla; podría haberle dicho que íbamos a tomar un poco de distancia (de qué, o de dónde, habría preguntado ella). Sin embargo, no había hecho ninguna de esas cosas, tal vez porque era más fácil mentir, o tal vez porque era más fácil dejar que su madre sacara las conclusiones que quisiera; aunque, después de nuestra conversación, quedó patente que Isabella no llevaba nada bien las situaciones que no controlaba. Entonces me di cuenta de que era preciso formalizar la situación entre nosotros. Ya había tomado la decisión de pedirle el divorcio a Christopher, así que bastaría con que fuese a Grecia y se lo plantease en persona.

Supuse que sería mi última obligación como nuera. Una hora más tarde, Isabella me llamó otra vez para decirme en qué hotel se alojaba Christopher –me pregunté cómo habría obtenido esa información– y darme el localizador de un billete de avión que había reservado a mi nombre, con salida al día siguiente. Bajo la capa de innecesarias ostentaciones de carácter y el lustre de la ociosa elegancia, era una mujer extraordinariamente capacitada, uno de los motivos por los que había sido una adversaria formidable, alguien a quien tenía motivos para temer. Pero esa etapa había acabado ya y pronto no habría campo de batalla entre nosotras.

Aun así, me percaté de que no confiaba en mí, era evidente: a sus ojos, yo no era la clase de esposa a quien podía encomendarse la tarea de encontrar a su esposo, no sin proporcionarle antes un billete de avión y la dirección del hotel en cuestión. Tal vez fuese debido a esa desconfianza patente por lo que mantuve la promesa que le había hecho a Christopher, la segunda consecuencia sorprendente de la llamada de Isabella. No le conté a su madre que nos habíamos separado, y desde hacía ya bastante tiempo, que era la única razón que me habría excusado de tener que ir a Grecia.

Ninguna madre le propondría a su nuera que fuese a Grecia para pedirle el divorcio a su hijo. Habría podido quedarme en Londres y seguir con mis asuntos. Pero no se lo conté, ni me quedé en Londres. Si Isabella hubiese sabido que me había comprado un billete para ir a pedirle el divorcio a su hijo, supongo que me habría matado, literalmente: me habría despellejado allí mismo. No sería algo imposible para ella. Como ya he mencionado, era una mujer muy capacitada. O quizá hubiera dicho que, de haber sabido que era tan fácil lograr nuestra separación, disolver las condiciones de nuestro matrimonio, me habría comprado el billete de avión mucho antes. Justo antes de colgar, me recomendó que me llevara el bañador. Le habían comentado que el hotel tenía una piscina estupenda.

Al llegar a Atenas, había un tráfico horroroso y no sé qué huelga de transporte. El pueblo en el que se alojaba Christopher estaba a cinco horas de coche de la capital, en el extremo sur de la parte continental del país. Había un coche esperándome en el aeropuerto: Isabella había pensado en todo. Me quedé dormida durante el trayecto, que empezó con tráfico denso y luego fluyó por una serie de autopistas sombrías y anodinas. Estaba cansada. Miré por la ventanilla, pero no entendí ninguna de las señales.

Me desperté con un ruido fuerte y repetitivo. Estaba muy oscuro, la noche había caído mientras yo dormía. El sonido vibró a través de todo el vehículo —taca, taca, taca, ta— y después cesó. El coche avanzaba despacio por una carretera estrecha de un solo carril. Me incliné hacia delante y le pregunté al conductor si íbamos a parar un momento o si nos quedaba todavía mucho trecho por recorrer. Ya estamos, me dijo. Ya hemos llegado. El golpeteo empezó de nuevo.

Perros callejeros, añadió el conductor. En el exterior, unas siluetas oscuras se movían alrededor del coche, la cola de los perros golpeaba la carrocería. El conductor tocó el claxon con la intención de asustar a los animales —estaban tan cerca que parecía que el coche fuera a atropellarlos en cualquier momento, a pesar de que íbamos muy despacio–, pero no se rindieron, permanecieron pegados al vehículo mientras avanzábamos hacia una grandiosa mansión de piedra. El conductor siguió tocando el claxon y bajó la ventanilla para ahuyentar a gritos a los perros.

Más adelante, un portero abrió las verjas de la propiedad. Cuando el coche las atravesó, los perros se quedaron atrás. Me di la vuelta para mirar por el cristal trasero y vi que habían formado un círculo ante las puertas, con los ojos tan amarillos como los haces de luz de los faros. El hotel se hallaba al final de una pequeña bahía, así que oí el sonido del agua en cuanto bajé del coche. Llevaba el bolso de mano y una bolsa de viaje pequeña. El portero me preguntó si tenía más equipaje y le dije que no; solo pensaba quedarme una noche, en el peor de los casos el fin de semana, aunque no lo formulé de esa manera.

El conductor comentó algo sobre el trayecto de vuelta; cogí su tarjeta y le dije que ya lo llamaría, quizá al día siguiente. Asintió y le pregunté si pensaba regresar a Atenas a esas horas, ya se había hecho tarde. Se encogió de hombros y volvió a meterse en el coche.

Al entrar en el hotel, el vestíbulo estaba vacío. Consulté la hora: eran casi las once. Isabella no me había reservado habitación, yo era una mujer que iba a reunirse con su esposo, de modo que no la necesitaba. Pedí una individual para una noche. El hombre de recepción dijo que tenía muchas habitaciones libres, es más, anunció con una franqueza sorprendente que el hotel estaba casi vacío. Estábamos a finales de septiembre y la temporada alta había terminado. Por desgracia, el agua del mar estaba muy fría para nadar, añadió, pero la piscina del hotel era climatizada y tenía una temperatura muy agradable.

Esperé hasta que terminó de tomar mis datos, y cuando me tendió la llave de la habitación le pregunté por Christopher.

¿Quiere que llame a su habitación?

Puso una expresión de alerta, pero sus manos permanecieron inmóviles detrás del mostrador, no hizo ademán de coger el teléfono; al fin y al cabo, era muy tarde.

No, negué con la cabeza. Ya intentaré localizarlo por la mañana.

El hombre asintió con aire comprensivo. Empezó a mirarme con mayor consideración, tal vez hubiera visto muchas relaciones hechas jirones como la nuestra, o tal vez no pensara nada y sencillamente tuviera una cara comprensiva por naturaleza, un rasgo que sin duda sería muy útil en su profesión. No dijo nada más al respecto. Tomé la llave y me informó sobre el desayuno e insistió en llevarme la bolsa de viaje mientras me acompañaba al ascensor. Gracias, le dije. ¿Quería que me llamaran a alguna hora para despertarme? ¿Deseaba leer el periódico por la mañana? Puede esperar, le dije. Todo puede esperar.

Cuando me desperté, la luz del sol inundaba la habitación. Alargué la mano para coger el móvil, no tenía mensajes y eran ya las nueve. Faltaba poco para que terminara el horario del desayuno, tenía que darme prisa si quería comer algo. Aun así, me quedé en la ducha más tiempo del necesario. Hasta ese momento

—en la ducha de la habitación del hotel, con la visión borrosa por el agua que me caía a chorro sobre los ojos— no me había parado a reflexionar ni a imaginarme cómo podría sentirse Christopher, qué pensaría cuando me viera, cuando se topara conmigo en el hotel. Supuse que su primer pensamiento sería bastante simple, daría por hecho que yo había ido para pedirle que volviera conmigo.

¿Por qué otro motivo iba a seguir una mujer a su marido separado hasta otro país, si no era para poner fin a esa separación? Era un gesto extravagante, y los gestos extravagantes entre hombres y mujeres suelen considerarse románticos, incluso en el contexto de un matrimonio que hace aguas. Me presentaría ante Christopher y él… ¿sentiría una gran aprensión, se le encogería el corazón, se preguntaría qué diantres quería? ¿Se sentiría atrapado, temería que hubiese ocurrido alguna desgracia, que le hubiese sucedido algo a su madre, se arrepentiría de no haberle devuelto las llamadas?

¿O se sentiría esperanzado, pensaría que al fin y al cabo el destino había querido que nos reconciliáramos (¿era esa la esperanza que subyacía bajo la promesa que me había obligado a hacerle, y acaso en ese momento había sido una esperanza compartida, dado que yo había accedido?), y entonces se sentiría decepcionado, todavía más agraviado que en otras circunstancias, al enterarse de que en realidad quería pedirle el divorcio, algo que de todos modos estaba dispuesta a hacer? De pronto, me sentí mortificada por él y por mí misma, pero sobre todo por la situación. Daba por hecho —no tenía ninguna experiencia previa en la que basarme— que pedir el divorcio resultaba siempre difícil, pero no podía creer que siempre fuese tan rocambolesco como en nuestro caso, ni que las circunstancias fuesen siempre tan ambiguas.

Cuando bajé, el vestíbulo seguía vacío. Servían el desayuno en una terraza con vistas al mar. No había ni rastro de Christopher, el restaurante también estaba desierto. Más abajo no se veía una sola sombra en el pueblo, y estaba tan tranquilo que parecía inmóvil, una colección de edificios bajos alineados a lo largo de un malecón de piedra. Un gran acantilado dibujaba un lateral de la bahía, estaba desnudo y sin rastro de vegetación y proyectaba una brillante luz blanca sobre el agua, de forma que la vista desde la terraza resultaba a la vez apacible y espectacular. En la base del acantilado quedaban los restos de lo que parecían arbustos y hierba calcinados, como si hubiese habido un incendio poco tiempo antes.

Me bebí el café. Cuando el camarero lo dejó sobre la mesa, me informó de que ese hotel era el único lugar del pueblo en el que podría tomar un *cappuccino*, un *latte*, en el resto de los sitios solo ponían café griego o Nescafé. El entorno era romántico —a Christopher le gustaban los alojamientos lujosos, y el lujo y el romance eran casi sinónimos para cierta clase de personas—, y eso hizo que me sintiera incómoda. Me imaginé a Christopher allí, solo entre un montón de parejas, era el tipo de hotel que la gente reservaba para la luna de miel, o para un aniversario de boda. Sentí otra oleada de vergüenza, me pregunté a qué habría ido allí Christopher, aquel era un lugar absurdo.

Retuve un momento al camarero cuando me sirvió la tostada.

Está todo muy tranquilo. ¿Soy la última en bajar a desayunar?

El hotel está vacío. Estamos fuera de temporada.

Pero debe de haber otros clientes.

Los incendios, dijo encogiéndose de hombros. Han desanimado a la gente.

No me he enterado de los incendios.

Ha habido fuegos incontrolados por todo el país. Incendios todo el verano. Todas las colinas desde aquí a Atenas están carbonizadas. Si sale del pueblo y sube a los montes lo verá, la tierra todavía está caliente de las llamas. Salió en los periódicos. Por todo el mundo. Han venido montones de fotógrafos —imitó el clic de una cámara— todo el verano.

Se colocó la bandeja debajo del brazo y continuó hablando. Además, hicieron fotos para una revista de moda aquí, en el hotel. El incendio se había extendido hasta el acantilado, todavía se ve la parte negra… Mire. Señaló la superficie calcinada de la roca. Pusieron a las modelos junto a la piscina, con el fuego y el mar detrás —aspiró el aire entre los dientes—, quedaba muy dramático.

Asentí. Se alejó al ver que yo no añadía nada más. Sin previo aviso, se me apareció la imagen de Christopher en medio de ese reportaje fotográfico. Era poco plausible, estaba allí plantado entre las modelos, los maquilladores y los estilistas con expresión irónica, como si no supiera siquiera por dónde empezar a explicar qué hacía en medio de ese circo. Todavía parecía más extranjero y fuera de lugar. Incómoda, paseé la mirada por la terraza. Ya eran casi las diez. Estaba claro que no iba a coincidir con él en el desayuno, debía de haber bajado temprano, tal vez ya hubiera salido del hotel para pasar el día fuera.

Me levanté de la mesa y me dirigí al vestíbulo. Al hombre que me había atendido la noche anterior lo había sustituido una joven de facciones marcadas, llevaba el pelo recogido de un modo muy poco favorecedor, el estilo era demasiado sobrio para su cara redonda y suave. Le pregunté si Christopher había bajado ya esa mañana. Arrugó la frente y me di cuenta de que no quería decírmelo. Le pregunté si podía llamar a su habitación. La recepcionista no apartó los ojos de mi cara mientras marcaba el número, escuché los tonos del teléfono; por debajo de su peinado profesional, su expresión era abiertamente hosca.

Colgó.

No está en la habitación. ¿Quiere que le deje un mensaje?

Necesito hablar con él cuanto antes.

¿Quién es usted?

La pregunta fue brusca, casi hostil.

Soy su mujer.

Se quedó perpleja, y de pronto lo comprendí: Christopher era un casanova empedernido, lo hacía sin pensar, era un acto reflejo, igual que cuando alguien dice «hola, gracias, de nada», igual que cuando un hombre sujeta la puerta para que pase una mujer. Christopher era demasiado liberal en ese sentido, se arriesgaba a repartir sus encantos a diestro y siniestro. Una vez que te dabas cuenta de los parches que tapaban las zonas gastadas, costaba volver a ver esos encantos —costaba ver al hombre mismo, si tenías cierto recelo ante el carisma— de nuevo. Pero la mayor parte de la gente no pasaba suficiente tiempo en su órbita para que eso ocurriera, la mayoría era como esa joven, me di cuenta de que lo protegía, seguía a su servicio.

Todo por él, todo por él, como si le perteneciera… Me aparté del mostrador.

Por favor, dígale que su esposa lo busca.

Asintió con la cabeza.

Avíseme en cuanto vuelva. Es importante.

Murmuró algo en voz baja mientras me alejaba, sin duda me estaría maldiciendo. La esposa siempre es el objeto de las maldiciones, sobre todo en una situación así.

Me apetecería dar un paseo.

Alzó la mirada, no podía creer que yo todavía estuviera en el vestíbulo, esperaba que me marchase, se notaba que mi presencia la incomodaba. Pero casi sin querer me quedé allí plantada, era cierto que me apetecía dar un paseo y no sabía adónde ir. Me indicó cómo llegar al malecón, me dijo que el pueblo era pequeño y que era imposible perderse. Asentí y salí. Aunque estábamos en septiembre, todavía hacía calor y la luz era muy intensa. Por un momento me quedé casi cegada, creí percibir un leve olorcillo a chamusquina en el aire, como si la tierra todavía ardiese: un momento de sinestesia.

En cuanto crucé las verjas del hotel, los perros callejeros reaparecieron. Se acercaron a mí moviendo la cola como un ventilador, de un modo que no era ni amistoso ni hostil. Me gustaban los perros. Incluso habría podido tener uno, en algún momento feliz de mi vida, pero Christopher se opuso, dijo que viajábamos mucho, cosa que era cierta. Alargué la mano para tocar al perro que estaba más cerca. Tenía el pelaje corto y fino, con la superficie tan sedosa que se parecía más a tocar piel que pelo. El ojo derecho presentaba un aspecto lechoso, velado por la ceguera, pero su mirada era a la vez inteligente y desolada, una absoluta transparencia animal.

Los otros perros se retorcían a mi alrededor, me rozaban fugazmente las piernas con su cuerpo, me tocaban las manos y los dedos, y después se apartaban. Parecían querer acompañarme en mi camino hacia el malecón, se adelantaban corriendo y luego retrocedían en círculo, formando una lenta espiral de movimiento. Únicamente el perro del ojo lechoso permaneció a mi lado. Era casi mediodía. El agua de la bahía estaba limpia y azul. Unos cuantos barcos solitarios moteaban la superficie.

Gerolimenas era un pequeño pueblo pesquero, encontré un puñado de tiendas −un quiosco, un estanco, una farmacia−, pero todas estaban cerradas. Mientras seguía caminando los perros se desperdigaron por fin, y yo me dediqué a buscar a Christopher entre las escasas caras que había en la terraza de la taberna, muchas de ellas curtidas y arrugadas, bronceadas en exceso por el sol. No tenían nada en común con el semblante suave y muy cuidado de Christopher, que de haber estado allí habría destacado en contraste con esos aldeanos. Había sido un hombre atractivo −para las mujeres, para todos en general− durante toda su vida y lógicamente eso se notaba.

Tampoco encontré a Christopher entre las siluetas del malecón, hombres y mujeres ociosos, un par de pescadores. La playita en sí estaba vacía. Me acerqué a la orilla y desde allí contemplé el hotel, que se había convertido en algo completamente incongruente en los diez minutos que había tardado en llegar a donde me encontraba ahora. Dentro del recinto del hotel uno podría haber estado en cualquier parte del mundo, el lujo era en gran medida anónimo, pero una vez que traspasabas sus celosamente guardados confines, te veías transportado a la fuerza a ese lugar concreto, a ese escenario en particular. Era consciente de que los lugareños me observaban —estaban en su derecho, la intrusa era yo—, así que bajé la cabeza y me alejé en dirección al hotel.

Cuando llegué, había transcurrido menos de una hora. En el vestíbulo, vi que la joven ya no estaba y en su lugar se encontraba de nuevo el hombre de la noche anterior. Alzó la mirada, luego salió de detrás del mostrador y se apresuró a ir a mi encuentro.

Siento molestarla…

¿Qué ocurre?

Mi compañera me ha dicho que es usted la esposa del señor Wallace.

¿Sí?

Su marido tenía que dejar la habitación esta mañana. Pero no lo ha hecho…

Miré el reloj.

Solo son las doce.

En realidad, hace varios días que no lo vemos. Se marchó de viaje y no ha regresado.

Sacudí la cabeza.

¿Adónde ha ido?

Alquiló un coche con chófer, pero eso es todo lo que sabemos. Pagó la habitación por adelantado, dijo que la mantendría mientras estaba de viaje.

Nos quedamos mirándonos el uno al otro en silencio durante un buen rato. Luego el hombre carraspeó con educación.

Verá, necesitamos esa habitación.

¿Disculpe?

Las personas que han reservado esa habitación llegan hoy.

Pero el hotel está vacío.

Se encogió de hombros a modo de disculpa.

Sí, lo sé. Pero la gente es absurda. Creo que es un aniversario de boda. La habitación tiene un significado especial para ellos, pasaron allí la luna de miel. Tienen previsto llegar a media tarde, así que…

Hizo una pausa.

Nos gustaría sacar de allí sus pertenencias y trasladarlas a otra habitación.

Me parece razonable.

¿O quizá deberíamos recoger su equipaje, si tiene pensado marcharse hoy con usted?

No sé cuánto tiempo piensa quedarse.

Ya, entiendo.

Ha venido para investigar.

El hombre levantó las manos, como si hubiese dicho algo innecesario.

Necesitaríamos empezar a recoger la habitación cuanto antes. ¿Le importaría acompañarme?

Esperé mientras el recepcionista volvía al mostrador a buscar la llave. Juntos, nos dirigimos a la habitación de Christopher, que se encontraba en el extremo opuesto del hotel, en la última planta. El hombre (que se llamaba Kostas, según la placa que llevaba en la americana) me contó que Christopher se había alojado en una suite. La habitación tenía unas vistas preciosas de la bahía, si decidía prolongar mi estancia me la recomendaba encarecidamente, quedaría libre en cuanto se marchara la pareja de la luna de miel, tal vez para entonces mi marido ya habría regresado.

Cuando por fin llegamos a la habitación, Kostas llamó a la puerta con el gesto discreto pero en cierto modo perentorio característico de los empleados de hotel, con la mano ya puesta en el pomo –por un momento tuve una alucinación, creí ver que la puerta se abría y Christopher aparecía ante nosotros, sorprendido aunque no del todo contrariado–, y entonces Kostas abrió la puerta y entramos.

La habitación me resultó irreconocible. Christopher no era un maniático del orden, desde luego, pero tampoco era dejado, y casi nunca vivía en un espacio que no estuviera limpio (no es que él limpiase y ordenase las cosas, tenía personas que lo hacían por él: la señora de la limpieza, durante un tiempo yo misma). La habitación –grande, con una sala de estar separada y una vista espectacular, Kostas tenía razón, era una habitación excelente y debía de ser una de las más caras del hotel– presentaba un desorden absoluto.

El suelo estaba plagado de ropa tirada, por lo menos de varios días, el escritorio estaba abarrotado de libros y papeles, al lado de la cama había un amasijo de cables, auriculares, una cámara, el portátil estaba en el suelo con la tapa abierta en un ángulo extraño. Había restos de bandejas del servicio de habitaciones, tazas de café y botellas de agua a medio terminar, incluso un plato lleno de migajas… Me costaba entender por qué la encargada de la limpieza no se había llevado los platos sucios por lo menos. A eso se sumaba la cama, ubicada en el centro de la habitación, deshecha y cubierta de periódicos y cuadernos.

Habían limpiado el polvo de las superficies y habían aspirado el suelo, pero era casi como si la empleada hubiese trabajado esquivando el desbarajuste a fin de conservarlo. Él le dijo a la camarera que no tocara nada, aclaró Kostas. Se encogió de hombros. La gente nos pide cosas y nosotros nos limitamos a cumplir órdenes. Pero mire…

Se acercó al armario ropero y abrió las puertas. Dentro había más ropa sucia tirada en el suelo. En lo alto del montón de prendas, una selección de camisas y pantalones que reconocí: los estampados y la tela, el dobladillo absolutamente deshilachado de uno de los puños. Estar en esa habitación seguía provocándome una inmensa disociación, y aun así allí… y allí… y allí… en esos objetos, con los que había vivido durante muchos años, notaba la puñalada de lo familiar, el reconocimiento del dueño, el hombre, que estaba y a la vez no estaba allí.

Kostas dio una palmada.

Bueno, ¿empezamos a empaquetar? ¿Le parece bien?

Asentí mientras miraba los papeles y los libros. Todos trataban sobre Grecia, incluso había uno de fraseología en griego entre ellos. Abrí un cuaderno, pero fui incapaz de descifrar la letra apretada y caótica de Christopher. Nunca había conseguido entenderla. Kostas llamó a recepción desde el teléfono de la habitación para pedir que subiera una camarera del hotel, quien apareció al cabo de pocos minutos y empezó a recoger la ropa. El recepcionista me pidió disculpas, pero insistió en que ya era casi la una y los nuevos ocupantes podían llegar en cualquier momento, y sin duda me daba cuenta de cuánto faltaba por hacer antes de que la habitación quedase presentable.

Me sonó el móvil. Lo saqué del bolsillo. Era Isabella, tenía el don de la oportunidad. Contesté de forma un tanto seca, pero no se dio cuenta porque ni siquiera se molestó en saludarme antes de preguntarme dónde estaba Christopher y pedirme hablar con él.

Se oía de fondo una grabación de *Billy Budd*, de Britten. Isabella y Mark eran auténticos fanáticos de la ópera y una vez nos habían llevado a ver una producción de esa obra en Glyndebourne. La salida fue un desastre. A esas alturas, las grietas de nuestro matrimonio empezaban a hacerse visibles. Christopher y yo apenas nos hablábamos, pero Isabella y Mark se mostraron despreocupada y casi agresivamente ajenos a la tensión que había entre nosotros. Había algo de obcecación en su interés por la ópera, algo que se hizo más evidente que nunca en aquella velada.

Recuerdo que me senté en el teatro en un estado de muda contemplación −de la música, de la incomodidad de la situación−, yo no era fan de Britten, lo cual no contribuía a granjearme el cariño de los padres de Christopher. Ahora, al escuchar de nuevo los familiares acordes, pensé en lo primordial que era la distancia para la historia, que transcurre casi por completo en el mar. Sin esa distancia, incluso la mecánica básica del argumento sería imposible: no habría lugar para la amenaza de motín, ni para la dependencia de la ley marcial, ni para la muerte de Billy Budd. A pesar de que esa ópera no me gustaba −la música era demasiado densa, como mirar un muro de piedra−, la historia era atrayente, ofrecía la oportunidad de espiar el mundo de los hombres, en otra época, cuando los hombres se marchaban a la guerra o al mar.

Ahora ya no se marchaban; al menos para la mayoría de los hombres, ya no había un mar que surcar ni un desierto que cruzar, no había nada salvo los suelos de una torre de oficinas, los trayectos matutinos al trabajo, un paisaje monótono y familiar, en el que la vida parecía algo de segunda mano, no algo que un hombre pudiera poseer de pleno derecho. Solo en las orillas de la infidelidad lograban los hombres un poco de privacidad, un ápice de vida interior, únicamente en el dominio de sus engaños se convertían, una vez más, en desconocidos para sus esposas, capaces de cualquier cosa.

La música cesó de forma abrupta e Isabella repitió la pregunta: ¿Dónde está Christopher? Tras una breve pausa, mientras contemplaba el desastre de la habitación, le dije que no lo había encontrado. Pero ¿estás ahí? Estás en Mani, ¿verdad? Sí. Pero Christopher no está aquí, no está en el hotel. Entonces ¿dónde está? No lo sé, respondí. Se ha ido de viaje no sé adónde, contrató a un chófer. Su teléfono no da señal, así que supongo que se dejó el cargador —mientras hablaba, mi mirada se posó sobre el cable del dispositivo, que colgaba inerte del enchufe junto a la cama— en el hotel.

Esperaré, le dije. No se te ocurra volver hasta que lo encuentres, repuso ella. Tienes que encontrarlo. Lo haré, contesté. Pero no estoy segura de ser la persona que debería estar buscándolo.

Si me hubiera escuchado, si se hubiera parado un momento a recapacitar sobre qué insinuaban mis palabras, se lo habría contado, allí mismo en la habitación de hotel; el secreto de nuestra separación ya no me parecía válido… Sin embargo, no hizo pausa alguna ni dio muestras de haberme oído. No se te ocurra volver hasta que lo encuentres, repitió. Tienes que traerlo de vuelta. Sonaba casi desquiciada, la suya era en esencia una relación terrible. No me extrañaba que Christopher se hubiese pasado toda la vida huyendo de ella, o al menos desde que era adulto: él siempre huía de algo antes de correr hacia algo.

Guardé el móvil. Le dije a Kostas que podían empaquetar el resto de las pertenencias de Christopher y meterlas en cajas. Cuando regresara, él les diría qué hacer con todo. Kostas asintió y entonces me di la vuelta y salí de la habitación. Por fin podía marcharme.

2

Pero no me marché. Le dije a Kostas que me quedaría un par de días más, el hotel me parecía muy agradable. Me sentaba sin hacer nada y disfrutaba del tiempo perfecto. Comía en la terraza y luego nadaba en la piscina, que estaba tan caliente como había prometido Kostas, se parecía más a una bañera gigante que a una piscina. Isabella estaba bien informada, era una piscina estupenda. Leí un poco, tenía trabajo que hacer pero nada apremiante, ningún encargo era urgente.

Además, no me importaba esa demora, esa espera que, ahora que lo pensaba, no parecía una vacilación. De todos modos, hasta que una decisión se materializa no es más que una hipótesis, una especie de experimento mental: había decidido pedirle el divorcio a Christopher, pero todavía no había llevado a cabo el acto, no le había mirado a la cara ni había pronunciado las palabras. Ese acto de enunciación era importante, esas palabras, o mejor dicho, esa única palabra («divorcio») que hasta el momento había estado notablemente ausente en nuestras conversaciones, y que, una vez pronunciada, cambiaría el curso de nuestra separación de forma irrevocable.

Por supuesto, había estado flotando en el aire: como el final del juego, el peor escenario posible, algo inevitable o tal vez un alivio. La palabra pesaba sobre nosotros, *ça me pèse*, una condición de la edad adulta. En la infancia, las palabras son ligeras —si un niño grita «Te odio» no significa nada; lo mismo puede aplicarse a «Te quiero»—, pero de adultos esas palabras se emplean con mucho más tiento, ya no se nos escapan de la boca con tanta ligereza. «Sí, quiero» es otro ejemplo, una frase que en la infancia no es más que material de una representación, un juego entre niños, pero que luego se carga de un significado contundente.

¿Cuántas veces había pronunciado yo esas palabras? Solo una desde que era adulta. Christopher y yo nos casamos en un juzgado y llegamos apenas unos minutos antes de la breve ceremonia, no hubo ensayos, el juez nos aseguró que bastaba con que repitiéramos lo que él nos iba diciendo, ni un idiota se hubiera equivocado. Así pues, cuando dije «Sí, quiero» delante del grupo de familiares y amigos congregados, fue la primera vez que lo pronunciaba, por lo menos la primera vez desde la infancia.

Recuerdo que me sorprendió el poder del ritual, el acto ceremonial de verbalizar esas palabras, que cobraban un significado profundo, casi maníaco. De pronto encontré sentido a que esas palabras, «Sí, quiero», se relacionaran con la expresión arcaica e irracional de «Hasta que la muerte nos separe», que era malsana y parecía fuera de lugar en lo que se suponía que tenía que ser una ocasión alegre, pero que a pesar de todo cumplía un cometido claro: recordar a los participantes la demencial apuesta que hacían con ese acto, el acto de contraer matrimonio.

Intenté recordar qué más había sentido durante la ceremonia, no hacía tantos años pero sí los suficientes para que mi memoria empezase a fallar. Pensé que había habido un fugaz momento de terror, pero que en conjunto había sido feliz, había sido muy feliz, durante mucho tiempo el nuestro fue un matrimonio bueno y optimista. Por todas esas razones, me costaba contemplar la posibilidad de pronunciar la palabra que destruiría todo ese optimismo, aunque ya fuese obsoleto... Y por eso, aunque me quedé en el hotel para pedirle el divorcio a Christopher, me di cuenta de que no tenía prisa por encontrármelo cara a cara, había tomado una decisión que consideraba irrevocable y, al mismo tiempo, habría podido quedarme tomando el sol en la terraza días y días, semanas, sin moverme, sin hacer nada, sin pronunciar ni una palabra.

Por la tarde llegó una pareja que solo podía ser la que ocuparía la habitación de Christopher. Entraron trastabillando en el vestíbulo, ya borrachos, debían de haber ido bebiendo en el coche, el mismo conductor que me había traído al hotel entró detrás de ellos arrastrando tres maletas grandes. Nuestra mirada se cruzó un instante, pero aparte de un leve gesto de la cabeza no dio muestras de conocerme, estaba demasiado ocupado con la pareja.

Parecían escandinavos, ambos pálidos y de ojos azules y en esencia incongruentes con ese paisaje, para el que no habían sido diseñados. La mujer llevaba el pelo de un rubio oxigenado y el hombre de algún modo parecía ya quemado por el sol, con la piel irritada y de un incómodo tono rojo. Era más que evidente que estaban colados el uno por el otro. No paraban de besarse, incluso desde la otra punta del vestíbulo distinguí que flexionaban la lengua de un modo tan musculoso que resultaba impresionante; eran incapaces de decirle a Kostas —estaba de turno detrás del mostrador, la cara estoica— más de un dato cada vez —cómo se llamaban, de qué país procedían, hasta cuándo iban a quedarse— antes de volver a comerse a besos.

Kostas miraba con fijeza la pared de detrás de la pareja abrazada mientras les informaba de que el desayuno se servía en la terraza, les preguntaba qué periódico deseaban leer por la mañana, si iban a necesitar que los despertaran a alguna hora por teléfono, aunque era evidente que no. La pareja no se sintió cohibida por la absoluta calma que reinaba en el hotel. Cuando hablaban lo hacían a gritos y entre risitas, dejaban que sus voces lo llenaran todo, era como si creyeran que estaban registrándose en un hotel de Las Vegas o de Mónaco.

Los observé mientras seguían a Kostas por el vestíbulo, abrazados por la cintura, era asombrosa la constancia con que se telegrafiaban el deseo el uno al otro, no tenía fin. Desaparecieron escaleras arriba y rumbo a la habitación de Christopher, aunque por supuesto ya no era la habitación de Christopher, con el botones detrás, cargado con las maletas. Un rato antes había visto a ese mismo botones llevando las maletas de Christopher, una en cada mano, pero bajando en vez de subiendo la escalera de piedra, para guardarlas en la consigna del hotel.

Del propio Christopher no había ni rastro. Me senté en la terraza durante lo que quedaba de tarde, con una novela que me estaba planteando traducir, acerca de una pareja cuyo hijo se pierde en el desierto. Un editor me había mandado la novela y me había pedido que tradujera al menos un capítulo de muestra, para ver si encajaba con el estilo del autor. La tarea del traductor es extraña. A la gente le encanta decir que una buena traducción es la que no parece en absoluto una traducción, como si el objetivo final del traductor fuese ser invisible.

Tal vez sea cierto. La traducción no se diferencia mucho de un acto de canalización, escribes y no escribes las palabras. Christopher siempre pensaba que hablaba de una manera muy difusa acerca de mi profesión, no le impresionaba, quizá porque pensaba que era algo impreciso e incluso místico, o quizá porque intuía lo que quería decir en realidad: que me atraía el potencial de pasividad de la traducción. Podría haber sido traductora o médium, cualquiera de las dos ocupaciones habría sido perfecta para mí. Semejante afirmación habría horrorizado a Christopher, por supuesto, y en realidad ese era el propósito que perseguía. Christopher había querido ser escritor —no solo un escritor, sino un autor literario— desde que era niño.

Me quedé leyendo varias horas. Durante ese tiempo vi un par de veces a Kostas, me trajo un café, me preguntó si tenía pensado cenar en el hotel esa noche. No hizo mención alguna a Christopher, y la única vez que le pregunté si había regresado, Kostas negó con la cabeza y se encogió de hombros. Ni rastro de él, nada de nada. Al anochecer regresó la joven que había trabajado en el turno de mañana y me miró con cara de pocos amigos cuando pasó por el vestíbulo.

La observé mientras trajinaba por allí. Aunque el hotel estaba tranquilo ella daba la impresión de tener muchísimas cosas que hacer, no paraba de afanarse de una punta a otra del vestíbulo, contestando el teléfono, ladrando órdenes a los botones y a las camareras. No carecía de atractivo, intenté imaginarme a Christopher y a esa mujer juntos: sin duda habría flirteado con ella, quizá incluso se la había llevado a la cama, algo así no era imposible, ni siquiera improbable.

Continué observándola y me fijé en que, aunque no era guapa –tenía unas facciones demasiado marcadas para describirla en términos tan convencionales, eran muy expresivas, algo que no suele considerarse atrayente en el rostro de una mujer (de ahí la manía con los tratamientos como el Botox, con las cremas faciales que prometían congelar las facciones en una jovial inmovilidad; era algo más que la mera persecución de la juventud, nacía de la aversión universal a la tendencia de ciertas mujeres a ser excesivas, a ser «demasiado»)–, era atractiva, no cabía duda.

Tenía el tipo de cuerpo que intrigaba a los hombres. Lo miraban y se preguntaban cómo sería tocarlo, qué tacto tendrían sus curvas, cuál sería su peso y consistencia. Me percaté de que, con su amplia frente y la larga melena negra –recogida en una sencilla trenza que le caía hasta media espalda–, tenía un físico completamente opuesto al mío. Era más que una cuestión de coloración, tenía un cuerpo de una practicidad suprema, con un propósito que quedaba claro. Los propósitos de mi propio cuerpo resultaban a veces demasiado opacos, había habido muchos momentos en los que sus discretas partes –piernas, brazos, torso– carecían de sentido incluso para mí, allí tendidas sobre la cama.

Sin embargo, el cuerpo de esa mujer sí tenía sentido. La observé por el cristal mientras iba de aquí para allá por el vestíbulo, llevaba el uniforme del hotel y calzaba zapatos cómodos, era el tipo de trabajo que te obligaba a pasarte todo el día de pie. Aunque caminaba con presteza, era como si su cuerpo llevara una pesada carga, era una mujer bien arraigada en el suelo. En el fondo, quizá fuese esa carnalidad lo que resultara irresistible. Christopher habría captado su atractivo al instante, era un hombre sofisticado cuyo matrimonio había hecho aguas, también un hombre sin escrúpulos y un turista en el lugar, todo cuanto le rodeaba habría estado básicamente a su disposición.

Y ella habría sido susceptible al encanto de Christopher: era apuesto y rico, estaba solo y no tenía responsabilidades, saltaba a la vista que estaba ocioso (solo un hombre ocioso se quedaría tanto tiempo en ese hotel y en esa aldea, la mayoría de los visitantes pasaban allí solo unos días, o un fin de semana, casi todos iban de vacaciones). Me senté en la terraza. El sol me daba de lleno en la cara. Las imágenes surgieron con facilidad, conocía los métodos de uno de los miembros de la pareja, y fue precisa poca imaginación para visualizar el resto. Todavía recordaba —sin pasión, había ocurrido hacía mucho tiempo— el modo que tenía Christopher de acercarse a una mujer, de entrar en su conciencia, se le daba muy bien dejar huella en una persona.

Pedí una copa. Hacía calor, el sudor se acumulaba en el surco de mis clavículas. La tomó por la muñeca, apretando primero con el pulgar y luego con el dedo índice sobre su piel. Ella alzó la mirada, no hacia él, sino para comprobar si alguien los miraba. El vestíbulo estaba vacío, no había nada de que preocuparse. El camarero me trajo la bebida. ¿Necesitaba algo más? No, gracias, estaba bien así. Deje que le mueva la sombrilla, el sol calienta mucho.

Antes de que pudiera impedírselo, ya había arrastrado el pesado pie de la sombrilla un par de pasos, la base arañó el suelo de piedra con un ruido desagradable.

El camarero agarró un extremo de la sombrilla y la inclinó para que me tapara la cara. Así mejor, así me daba la sombra, tenía razón en que el sol calentaba mucho, le di las gracias. Seguro que la tomó de la mano y ella lo siguió, pero le instó a darse prisa, qué vergüenza si los pillaban. El camarero no se movió. No te preocupes por nada, le dijo él. En ese momento, ella decidió creerlo. Lo siguió hasta su habitación. Continuaban en las instalaciones del hotel, no tenían ningún otro sitio adonde ir, ella habría preferido caerse muerta antes que llevarlo a su propia casa, con sus padres durmiendo en la habitación de al lado y con todos sus hermanos viviendo bajo el mismo techo.

Estoy bien, insistí. Gracias de nuevo. Abrió la puerta y se apartó para dejarla pasar primero. La silueta del camarero tapaba todo el sol. ¿No hay nada más que pueda hacer por usted?, preguntó casi con nostalgia. La habitación estaba fresca, habían dejado las ventanas abiertas y la puerta que daba al balcón estaba entornada, ella se puso tensa —temía que alguna de las camareras estuviese dentro aún, era poco probable a esa hora pero no imposible—, él dejó caer la llave encima de la mesa, comprobó si tenía mensajes en el móvil, estaba tan relajado que a ella le parecía un milagro, no se imaginaba cómo podía sentirse tan cómodo en esa habitación tan lujosa.

No, gracias, de verdad, estoy bien. Por fin se alejó. Ella pensó que le ofrecería algo de beber —¿no era eso lo que se suponía que tenía que pasar?, no lo sabía, nunca había estado en esa situación, él podría haber pedido una botella de champán al servicio de habitaciones, como esas que había visto enviar a tantas habitaciones, a tantas parejas–, pero dejó el teléfono en la mesa y luego se dio la vuelta y la agarró por el hombro sin preámbulos, de modo que ella se sintió a la vez ofendida y excitada. ¿Habría ocurrido así? Casi con total seguridad. Cerré los ojos. Hacía mucho tiempo, pero lo recordaba a la perfección, no habría sido muy distinto, ni con esa mujer ni con otra.

Y luego el resto, también similar. Era muy probable que ella hubiese quedado satisfecha al final, y tal vez hubieran transcurrido por lo menos diez minutos, o incluso media hora, antes de que se cerniera la duda. ¿Qué iba a pasar ahora? Él no se había dormido (nunca se dormía en ese momento, aunque ella no podía saberlo), pero tampoco la miraba, se limitaba a contemplar el techo. Ella vaciló, se había quedado traspuesta... ¿cuánto tiempo? No se atrevía a preguntárselo... Con timidez, le puso una mano sobre el brazo. Apenas lo rozó, pero él se giró, sonrió, cubrió la mano con la suya.

Cené temprano. La terraza seguía desierta. Habían montado las mesas del restaurante para el servicio de cenas, todas lucían manteles blancos, flores e incluso velas. Había una familia alemana con dos niños pequeños, que comieron a toda prisa y se marcharon poco después de que yo llegara. Los niños se comportaron de manera muy formal y educada. Se pasaron casi todo el rato sentados en silencio, la madre se inclinaba hacia delante de vez en cuando para cortarle la carne al pequeño. Reconocí a los camareros, que eran los mismos del desayuno, y en cuanto la familia se marchó se apresuraron a recoger la mesa y volver a montarla, como si todo el restaurante estuviese reservado para esa noche, y luego volvieron a quedarse sin ocupación.

Justo cuando pedía el café, llegó la pareja de luna de miel. Así era como me gustaba imaginármelos, aunque Kostas había dicho que habían ido a Gerolimenas para celebrar su aniversario de bodas, se comportaban en todos los sentidos igual que una pareja de recién casados. Todavía estaban borrachos, o mejor dicho, estaban aún más borrachos que cuando habían llegado por la tarde. En cuanto entraron en el restaurante, empezaron a exclamar entusiasmados ante las vistas, la mujer colgada del codo del hombre; era cierto que la panorámica era espectacular, se estaba poniendo el sol y el cielo era una vívida mancha de color.

Se sentaron a cenar. El hombre pidió champán de inmediato. Venga, ¿por qué no? Estaban de celebración. Todo era «¿por qué no?», repetían la frase a cada momento, pasándosela el uno al otro como si fuese una pelota. Pidieron langosta, ¿por qué no?, caviar, ¿por qué no?, hablaban en inglés con el camarero, gesticulando como locos, en un momento dado la mujer llegó a agitar en el aire la carta del restaurante. El camarero les llevó el champán, una cesta de pan, cubitos de hielo.

Pedí la cuenta y dije que me la cargaran con todo lo demás. Aún era temprano y no quería pasarme el resto de la noche metida en la habitación, así que paseé por el espigón de piedra que iba desde la terraza hasta el agua. Era una construcción sólida e impresionante, tendría unos tres metros de ancho y se adentraba al menos treinta metros en el mar, lo bastante para sentir cómo el agua te envolvía. Al cabo de poco, el persistente repiqueteo del restaurante, incluso el ruido de la pareja de luna de miel, quedaron absorbidos por la oscuridad.

Y después nada, salvo el sonido del agua. Llegué al final del espigón y me senté en el borde. En otra vida, Christopher y yo habríamos podido ser como la familia tranquila, o incluso como la pareja de luna de miel, había posibilidades que nunca habían dado fruto y, solo por eso, se habían convertido en algo absurdo. Oí pasos detrás de mí. Apareció el camarero con una copa de vino en la mano, cortesía del hotel, según me dijo. Tal vez tuviese aspecto de necesitarla. Le pregunté si la marea estaba subiendo y me dijo que sí, cuando había pleamar el agua casi llegaba al borde del espigón. Le pregunté si alguna vez se ahogaba alguien en el mar.

Sí, a veces. Pero el agua no es peligrosa. No hay remolinos. No hay tiburones.

Levanté la vista para comprobar si sonreía, pero era imposible distinguir su expresión en la oscuridad.

La mayoría de los que se ahogaban eran suicidas.

La frase sonaba a chiste.

¿Tantos había?

Negó con la cabeza mientras retrocedía, casi parecía ofendido.

Casi ninguno.

Se dio la vuelta y lo llamé, le dije que volvería al cabo de un momento, por si acaso se había preocupado. Asintió como respuesta y luego regresó al hotel. Me levanté unos instantes después, y mientras estaba de pie en la oscuridad, se abrió la puerta acristalada de un balconcito de la tercera planta del hotel. La pareja de luna de miel salió. Se abrazaban con pasión y no se detuvieron a mirar el mar, ni se inclinaron sobre la barandilla para encenderse un cigarrillo, ni hicieron ninguna de las cosas que suele hacer la gente cuando sale a un balcón. El hombre pasaba la mano arriba y abajo por la espalda de la mujer y ella le agarraba la mandíbula con una mano mientras deslizaba la otra por la parte trasera de sus pantalones.

Me entró vergüenza: resultaba desagradable estar allí plantada en la oscuridad como una voyeur, no sabía adónde mirar, casi todo lo que me rodeaba estaba a oscuras, mientras que allá en lo alto la pareja que se abrazaba estaba iluminada y destacaba mucho, como si estuvieran en un escenario. No había nada elegante ni siquiera erótico en la estampa, su pasión era grotesca. Continuaron restregándose el uno contra el otro con una pasión animal, saltaba a la vista que, por mucho teatro que le echaran al deseo que sentían el uno por el otro, el sentimiento era real y auténtico.

Era real y auténtico, y aun así estaba segura de que eran conscientes de hasta qué punto los enfocaba la luz, hasta qué punto el balcón contrastaba con la negrura de la noche. Después de pagar un buen pellizco por esa suite, por ese hotel, diseñado para el romance de una forma tan obvia, seguro que eran conscientes de sus posibilidades teatrales. Todas las historias de amor requieren de un telón de fondo y un público, incluso —o quizá especialmente— las genuinas; el romance no es algo que una pareja pueda esperar invocar por sí misma, el uno y el otro, los dos juntos, y no solo una vez sino de forma repetida, el amor en general se fortifica por el contexto, se nutre de la mirada de los demás.

En cuanto a este contexto en particular, pensé, también había sido la habitación de Christopher, él también debía de haber salido a ese balcón, el mismo lugar en el que ahora estaba la apasionada pareja, solo o quizá con alguien más. Permanecí un poco más al final del espigón y observé el largo abrazo de la pareja, los miré hasta que por fin ella lo tomó de la mano y lo condujo al dormitorio, cerrando la puerta tras ellos. Entonces regresé a la terraza y de allí me dirigí al vestíbulo. La joven estaba en el mostrador. La saludé con la cabeza al entrar, ella levantó la mirada y luego me llamó.

¿Ha tenido noticias suyas?

Me detuve. Cuando me di la vuelta, la recepcionista miraba al suelo, como si no hubiera podido resistirse a formular la pregunta y luego se hubiese arrepentido. Entonces volvió a levantar la vista con aire desafiante y me miró a los ojos con franqueza. No teníamos nada en común, no había nada entre nosotras. Y aun así estaba convencida de que ambas esperábamos al mismo hombre, su pregunta solo sirvió para alimentar esa creencia. Negué con la cabeza. Pareció quedarse decepcionada y aliviada a un tiempo, comprendí de repente que habría sido un mazazo para ella si le hubiese dicho que sí, que iba a encontrarme con él, que estaba arriba en mi habitación en ese preciso momento.

Ya aparecerá, dije. Ella asintió. ¿Lo había hecho ya alguna vez? ¿Siempre es así? ¿Alguien en quien no se puede confiar? ¿Suele desaparecer así sin más, sin decir ni una palabra? Las preguntas estaban tan claras como si las hubiese pronunciado. No quería incomodarla pidiendo explicaciones de asuntos que no me concernían, que yo no tenía por qué conocer. Sin embargo, no sé por qué razón continué hablando, aunque ella permaneció callada, sentí que necesitaba decir algo. Desde hace un tiempo no parece el mismo. Se estremeció, noté que las palabras la desagradaban, quizá pensara que quería insinuar que el encuentro amoroso (hubiera sido como hubiera sido, si es que en realidad se había producido) era impropio de él, insustancial, una aberración sin sentido.

No parece el mismo. Volvió a ponerse triste. Un fogonazo de rabia le oscureció las facciones. Era posible que por una vez Christopher hubiera medido mal sus fuerzas, que ella valiese más de lo que él pensaba. Tal vez hubiera huido de esta mujer, tal vez ese fuera el motivo de su ausencia... aunque entonces ¿por qué dejar atrás sus pertenencias, por qué no limitarse a cambiar de hotel? Había unos cuantos establecimientos en la zona que podrían haber cumplido el mismo cometido. Y a Christopher, igual que a todos los casanovas empedernidos, nunca le costaba librarse de una mujer.

Al cabo de un momento le pregunté cómo se llamaba. Primero dudó, pero luego me dijo: Maria. Encantada de conocerla, dije, y al ver que ella no contestaba nada, que se limitaba a mover levemente la cabeza, con la mirada perdida, me di la vuelta y me fui. Mientras me alejaba se me ocurrió que la situación se había estropeado por mi culpa. Pero ¿cómo iba a saber yo que sería una mujer tan sentida? Experimenté una oleada de alivio, no envidiaba su torbellino de sentimientos, los celos y la inseguridad, saltaba a la vista que la joven no sabía si sentirse ultrajada o avergonzada. Y a pesar de todo, mantenía la esperanza, se le notaba en la cara. Era terrible amar sin saber si tu amor sería correspondido, provocaba las peores sensaciones —celos, rabia, odio hacia uno mismo—, conducía a todos esos estados inferiores.

3

Llamé a Isabella a la mañana siguiente y le conté que no había encontrado a Christopher, que todavía no había vuelto al hotel. Me preguntó si no estaba preocupada. Le dije que no. Christopher había viajado a Grecia con intención de investigar, era probable que hubiese organizado una excursión a algún pueblo cercano, o que hubiese regresado a Atenas para consultar algunos archivos. ¡Investigar! Se echó a reír. ¿Qué tipo de investigación?

Christopher había publicado su primer libro antes de los treinta años, y había sido recibido con gran entusiasmo tanto por el mundo editorial como por los lectores en general; incluso había aparecido al final de la lista de libros más vendidos. Era una obra poco común, podía decirse que idiosincrásica, un ensayo acerca de la vida social de la música: su papel en los rituales y ceremonias, el modo en que delimitaba el espacio público, su función como forma de persuasión religiosa e ideológica.

El libro se dirigía a un público amplio y estaba lleno de digresiones, y el estilo de escritura reflejaba gran parte del encanto personal de Christopher. En un párrafo comparaba la relativa intimidad de la música de cámara con la pompa de la música orquestal, y en el siguiente detallaba su experiencia cuando de adolescente frecuentaba distintas discotecas de Londres. Escribió sobre la música del Tercer Reich, sobre la acústica de la Gewandhaus de Leipzig, fue a la capilla del King's College para escuchar cantatas de Haendel (había estudiado en el King's College, así que supongo que el acto, acompañado de la música y la posterior escritura, era una especie de recuperación de la experiencia).

Cierto, el libro no estaba especialmente bien documentado: las pocas reseñas críticas señalaron algunos errores flagrantes y ciertas elisiones, pero en conjunto esas voces discordantes podían categorizarse como tales y no darles más importancia. Al fin y al cabo, él no era un experto y el libro estaba pensado para un lector generalista. El propio Christopher era en cierto modo un generalista. Lo que se le daba bien —algo que el libro había logrado con una impresionante y aparente facilidad— era establecer relaciones entre una serie de fuentes dispares y conseguir que el material resultase coherente en el papel.

En el momento de la publicación del libro yo todavía no conocía a Christopher. Cuando lo conocí, disfrutaba de la vida relativamente cómoda que pueden permitirse los autores relativamente famosos. Lo invitaban a dar conferencias, a escribir reseñas en distintos periódicos, su libro se había traducido a varios idiomas. Le ofrecieron un puesto de profesor en alguna universidad, pero lo rechazó: no necesitaba el dinero, estaba escribiendo un segundo libro, para el que ya había firmado el contrato con su editorial y con el que iba retrasado.

Cuando nos conocimos ya estaba trabajando en ese libro. Aficionado a posponer las obligaciones, le encantaba explayarse hablando del proyecto, casi de forma teatral, y no tardé en darme cuenta de que prefería hablar del libro a escribirlo. Lo describía como un estudio sobre los rituales del duelo en todo el mundo, una obra de ciencia cultural y política que abarcaría tanto ceremonias laicas como religiosas y trazaría −creo que era el verbo que empleaba− un paisaje de las diferencias culturales e históricas.

Era un proyecto extraño para un hombre que hasta ese momento no había perdido nada significativo, cuya vida estaba intacta en todos sus elementos clave. Si había tenido motivos para el duelo, había sido solo en el plano abstracto. Sin embargo, le atraían las personas que se hallaban en un estado de pérdida. Eso hacía que la gente se llevase la impresión equivocada de que era un hombre compasivo. Su compasión duraba lo mismo que su curiosidad, una vez satisfecha esta, aquella desaparecía de repente y él se convertía en alguien esquivo, inaccesible, o por lo menos no tan accesible como los demás habrían esperado, dada la súbita y violenta intimidad a la que los había forzado en un primer momento.

Pero esa era su forma de proceder, su forma de ser. Era un escritor con cualidades, pero poco profesional en el enfoque de su carrera literaria: en los cinco años que habíamos estado casados, nunca lo había visto ir a la biblioteca, ni siquiera durante el extenso periodo en que se había enfrascado en la investigación. Sin duda, por eso se burlaba Isabella de su trabajo; a pesar de su relativo éxito, ella no se lo tomaba en serio, habría preferido que su hijo hiciese carrera de abogado, economista, o incluso político, le gustaba decir que tenía las artimañas y el carisma necesarios para lograrlo.

Aun con todo, como ya he dicho, Christopher sabía abordar su tema con gran autoridad. Y aunque no hay nada especialmente frívolo en el duelo, era capaz de hablar de rituales y tradiciones concretos de una forma que resultaba de lo más entretenida, su propio interés en el tema de estudio era contagioso. Casi con toda seguridad Christopher habría ido a Grecia con el fin de estudiar a las plañideras, las mujeres a quienes pagaban para exteriorizar lamentos en los funerales. Lo intuí en cuanto Isabella me contó que había viajado a Grecia, era una cuestión que le interesaba en gran medida, por eso iba a darle un peso importante dentro del libro que estaba escribiendo.

Esa práctica antigua, según me había explicado, estaba a punto de desaparecer. Ya solo quedaban algunos rincones de la Grecia rural donde todavía se practicaba; el Peloponeso meridional, una región llamada Mani, era una de esas zonas. Allí, todas las aldeas tenían varias plañideras (o lloronas, como las llamaban a veces), mujeres que entonaban cantos fúnebres en los entierros del pueblo. Lo que más intrigaba a Christopher sobre esa práctica era su exteriorización del dolor: el hecho de que otro cuerpo distinto del de los familiares y amigos dolientes expresara su congoja.

Es, literalmente, una experiencia extracorpórea, me había dicho. Tú, el afligido doliente, quedas por completo liberado de la necesidad de mostrar tus emociones. Todas las presiones del funeral, la expectación general por la manifestación de tu dolor ante la multitud congregada… Imagina que eres una viuda que entierra a su marido, la gente espera un buen espectáculo. Pero la naturaleza del duelo es incompatible con esta demanda, la gente dice que cuando estás de duelo, cuando has experimentado una profunda pérdida, el peso del dolor te sepulta, no estás en condiciones de expresar la pena.

En lugar de hacerlo, pues, adquieres un instrumento que exprese tu dolor, o quizá no sea tanto un instrumento sino una especie de casete, simplemente tienes que apretar el botón de play y la ceremonia, esa larga y elaborada producción, se desarrolla sin tu participación. Te apartas y te quedas a solas con tu dolor. Es un acuerdo decididamente brillante; por supuesto, el aspecto económico es crucial, el hecho de que haya una transacción monetaria de por medio hace que todo el acuerdo sea algo limpio, refinado. No es de extrañar que semejante costumbre sea originaria de Grecia, la llamada cuna de la civilización: tiene todo el sentido.

Lo dijo medio en broma, recuerdo que de hecho se reía mientras me lo contaba. Por un momento, me quedé perpleja. Era como si el hombre que tenía delante se dividiese en dos. Por una parte, hablaba igual que quien no ha perdido nunca a nadie, ni a una esposa ni a una amante ni a un padre ni a una madre, ni siquiera a un perro, un hombre que no tenía idea de lo que podía ser experimentar una pérdida real. Y yo sabía que, desde el punto de vista de los hechos, tal era el caso, pues conocía su historia. Pero al mismo tiempo, por otra parte, me pareció poder percibir la sombra de un hombre que había perdido algo o a alguien muy querido, incluso un hombre que en un momento dado lo había perdido todo, ya que en su voz −irónica y fría, distante− parecía intuirse cierta profundidad velada.

Pero cuál podría haber sido esa pérdida… se me escapaba. Una vez le pregunté por qué escribía el libro, era algo más que una cuestión de interés en el tema: en mi opinión, escribir un libro no puede sustentarse en el mero interés, requiere algo más, al fin y al cabo, suele ser una tarea de años. Pero no me contestó, ni entonces ni en ningún otro momento, se limitó a sacudir la cabeza y se dio la vuelta, como si la respuesta fuese un misterio incluso para él. A lo largo del último año había empezado a hablar del libro cada vez con más frecuencia, salía una y otra vez en las conversaciones, como si el volumen inacabado le pesara sobre los hombros, y aun así no podía explicar sus motivos para escribirlo.

Sin duda, esa era la razón por la que le resultaba imposible terminar el libro. Christopher era un hombre encantador, y el encanto está formado por distintas superficies: todo hombre encantador es un hombre seguro de sí mismo. Pero bueno, me estoy desviando del tema. De lo que quiero hablar aquí es del fracaso natural de una relación, incluso de una que durante un tiempo fue muy buena. Al fin y al cabo, ¿qué es una relación sino dos personas? Y entre dos personas siempre habrá sitio para las sorpresas y los malentendidos, cosas que no pueden explicarse. Quizá otra forma de decirlo es que, entre dos personas, siempre habrá sitio para la falta de imaginación.

En cuanto colgué el teléfono, volvió a sonar. Era Yvan. Lo había llamado desde el aeropuerto de Atenas, pero la conversación había sido apresurada —buscaba al chófer con la mirada, la terminal de llegadas era un caos, por megafonía no paraban de anunciar información en inglés y en griego– y no habíamos vuelto a hablar desde entonces. La diferencia horaria entre Inglaterra y Grecia era mínima, pero el viaje era largo, lo que provocaba una distancia palpable en nuestra comunicación, una especie de retraso entre uno y otro.

Me preguntó cómo había ido el viaje, cómo estaba Christopher cuando lo había visto... Dudó antes de preguntarme por Christopher y le dije enseguida que no estaba allí. Que de hecho no había ni rastro de él. Yvan se quedó callado un momento y luego dijo: ¿A qué te refieres con que no está ahí? ¿Se ha equivocado Isabella? Isabella no acostumbra a equivocarse. Le contesté: No, no se ha confundido. Estaba aquí, pero no está aquí ahora mismo, estoy esperando que vuelva. Entonces Yvan permaneció aún más tiempo callado antes de preguntar: ¿Hasta cuándo vas a esperarlo?

Le contesté: Tiene sentido que espere, ¿no? Y después de otra pausa, Yvan dijo: Sí, tiene sentido. Pero no me gusta la idea de saber que estás ahí sola, no te voy a mentir, me pone nervioso. Era un comentario brusco y poco habitual en Yvan, no era del tipo de hombres que exigen cosas. Incluso en esos momentos, su voz era suave y tranquila, sin atisbos de reproche. No tienes motivos para estar nervioso, pero te entiendo, le dije, es una situación incómoda. Entonces Yvan dijo: ¿Y si voy a reunirme contigo?

Cuando me topé con Yvan hace tres meses –en la calle, literalmente mientras cruzaba la calle–, me propuso ir a una cafetería de la esquina en lugar de quedarnos pasando frío fuera. Incluso ahora, con la ventaja que da ver las cosas en perspectiva, no sabría decir a ciencia cierta si cuando hizo la propuesta tenía algo en mente aparte del viento y de la llovizna. Ninguno de los dos íbamos vestidos para el tiempo que hacía, la temperatura había caído en picado de un día para otro, dijo, exactamente en el mismo tono con que me había preguntado por qué no se reunía conmigo en Gerolimenas.

En cualquier caso, acepté su invitación. Siempre me había gustado Yvan, era apuesto pero de una manera poco engreída, no había nada exigente en su belleza. En ese sentido era distinto de Christopher, quien era más que consciente de su aspecto y sabía muy bien cómo explotar su poder: hacia el final de nuestro matrimonio, solo cuando la relación daba los últimos coletazos, advertí que sabía desde qué ángulos parecía más distinguido, y que con el tiempo había perfeccionado una serie de miradas atractivas, de expresiones y gestos zalameros, un rasgo que era absurdo y absolutamente antipático.

Yvan era más guapo que Christopher, pero casi con total seguridad no daba esa impresión, era preciso mirar con atención para discernir al apuesto hombre que se escondía bajo el desastroso exterior. Hasta entonces nunca lo había considerado un hombre guapo. Y sin embargo, mientras estaba sentada a la mesa frente a él y me preguntó, de un modo muy amable, qué tal me iba la vida y cómo marchaba todo, era evidente que si se lo conté fue porque lo encontraba atractivo; por eso le dije, de manera abrupta y en confianza, que Christopher y yo nos habíamos separado. Fue la primera persona a la que se lo conté.

Fue antes de que Christopher me hiciera prometerle que no le hablaría de la separación a nadie. Si Yvan se sorprendió por la noticia, no lo mostró, se limitó a decir que lo sentía mucho, que siempre le habíamos parecido felices juntos, que éramos una de las parejas con las que le gustaba quedar. Entonces se echó a reír un poco avergonzado, no pretendía hablar de sí mismo, dado que se trataba de un tema que no tenía nada que ver con él... Aunque luego, claro, al final sí tuvo que ver con él, y mucho, sus palabras presagiaron la relación que seguiría, algo por lo que se sintió y continuaba sintiéndose culpable, tal vez en aquel momento empezó ya a intuirlo.

Yvan era periodista, y primero había sido amigo de Christopher. Se habían conocido en la universidad, aunque habían tenido poco trato. Christopher —según me contó Yvan más adelante, pues Christopher y yo nunca habíamos hablado de Yvan salvo como un conocido de entonces, y aunque yo era consciente de que habían ido a Cambridge juntos, sospechaba que Christopher solo tenía un recuerdo vago de Yvan de aquella época, había nacido amnésico— tenía mucho carisma, destacaba en el campus, uno de esos estudiantes en quienes se fija todo el alumnado.

Eso era del todo acorde con lo que ya sabía de Christopher, lo que resultó más revelador fue el modo en que Yvan lo describió, como si relatase la experiencia de ver a un actor en el escenario, observado no desde el público sino entre bambalinas. En ciertos aspectos, Yvan continuaba siendo igual, tímido en esencia, con tendencia a permanecer en los márgenes en lugar de en el centro de las cosas. Y sin embargo se había visto atraído a la órbita de Christopher; Yvan me contó que, durante un tiempo, Christopher había realizado un concienzudo esfuerzo por entablar amistad con él.

Dudó un instante antes de contarme la historia, quizá pensara que no era de muy buen gusto, estábamos al principio de lo que se convertiría en nuestra relación y era una confesión extraña de hacer, un recordatorio de que los dos hombres se habían conocido antes de que cualquiera de los dos me conociera a mí, de que Yvan siempre conocería a esa versión joven de Christopher mejor que yo. La experiencia se acumulaba en lugares azarosos, los datos equivocados acababan en manos de las partes equivocadas. Pero insistí, me divertía y a la vez me intrigaba, a esas alturas no necesitaba que me protegieran de Christopher, ya fuese en su encarnación antigua o actual.

Según el relato de Yvan, aunque él no era un estudiante popular en el campus —no venía de buena familia ni exhibía una riqueza extraordinaria, tampoco era excepcional en nada que saltara a la vista, no poseía encanto ni estilo ni inteligencia de forma manifiesta—, Christopher había buscado su amistad con la intensidad tan propia de las relaciones entre universitarios, a menudo entre los hombres, pero también entre las mujeres. Tal vez lo hiciera porque había intuido que Yvan poseía de forma natural la única cualidad que Christopher respetaba, pero que su falta de disciplina le impedía buscar con ahínco y cultivar: me refiero a una indiferencia genuina ante su propio encanto.

De manera gradual, mientras Yvan describía su breve amistad, me fui sintiendo más incómoda, pues me desagradaban las versiones de los dos hombres que emergían de ella: el carisma obsesivo de Christopher y su afán compulsivo por seducir, la inexplicable pasividad de Yvan, que ni aceptaba ni rechazaba los avances de Christopher. Yvan se percató de mi incomodidad, sus sospechas estaban bien fundadas, la confianza entre los dos hombres me había afectado. Bueno, la historia carecía de importancia, dijo Yvan de forma abrupta, luego habían perdido el contacto. Christopher había dejado enfriar la amistad, como si su obsesión inicial hubiese sido un código cifrado para otro tipo de compulsión más oblicua, aunque eso no había impedido que retomaran el trato cuando se habían reencontrado por casualidad unos años más tarde.

En esa ocasión, yo estaba presente. Había sido otro encuentro casual, esta vez no en la calle sino en una fiesta, y había durado apenas unos minutos antes de verse interrumpido, la sala estaba abarrotada de gente. Esa noche Yvan no había sido más que uno de los conocidos de Christopher, uno de los muchos que tenía, pero recuerdo que me había gustado desde el primer momento: su actitud lacónica, su leve aire de indiferencia ante la ostentación que lo rodeaba y al mismo tiempo, y en especial, ante el encanto de Christopher, al que tan pocas personas parecían inmunes.

Sin embargo, resultó que Yvan no era un hombre dado a la indiferencia: era cautela, y no tanto indiferencia, lo que sentía hacia Christopher, y no solo a causa del pasado compartido. En el fondo, Christopher no era un hombre de fiar, e Yvan lo había intuido. Una vez le pregunté cuándo se le había ocurrido por primera vez que nosotros dos acabaríamos juntos, en este tipo de arreglo —elegí a propósito esa palabra tan rara en el contexto, «arreglo», como si fuese un eufemismo de algo inapropiado— y me respondió al momento: Desde el principio, desde el minuto cero, o al menos ese era mi deseo.

Lo cierto es que Yvan dejó claras sus intenciones con una rapidez sorprendente. Yo todavía vivía en el piso común cuando nos reencontramos y era exageradamente pronto para empezar una nueva relación: Christopher no se había mudado aún, se limitaba a estar ausente, el lugar seguía lleno de sus cosas, entremezcladas con las mías. Apenas había cambiado las sábanas del lecho conyugal. Además, aunque no era vieja, tampoco era demasiado joven. Mover ficha de forma tan precipitada me parecía algo propio de una mujer más joven.

Pero Yvan me pidió que me fuera a vivir con él sin preámbulos, casi al principio de nuestra relación, de modo que la opción de marcharme del piso de Christopher e instalarme en el de Yvan se presentó como una posibilidad de lo más plausible. No cabía duda de que era una opción cómoda. Y me vino a la cabeza un comentario cáustico y desagradable que había hecho un conocido en una cena: Las mujeres son como los monos, no se sueltan de una rama hasta que han agarrado otra. El hombre que lo había dicho —amigo de Christopher primero, pero luego también amigo mío— estaba sentado a mi lado y enfrente de su esposa y Christopher.

Cuando habló, lo hizo mirando a mi marido. Casi no pareció darse cuenta de que nosotras —las mujeres de la mesa, tanto su esposa como yo— habíamos advertido con claridad su expresión de franco desprecio, o tal vez no le importase, pues se dirigió a Christopher y no a alguna de nosotras dos. Desde mi asiento lo veía de perfil, así que su burla, la arruga del labio, se notaba especialmente pronunciada. Es de suponer que no hablaba de sus propias circunstancias, o de su relación con su esposa, que estaba sentada en silencio junto a Christopher, dedicada a escudriñar con minuciosidad el mantel y los cubiertos que había encima.

De todos modos, nada era descartable. Por ejemplo, era posible… que se hubieran conocido en circunstancias adversas, que ella hubiese tenido una relación previa con otro hombre y se hubiese mostrado reticente a dejar el cobijo proporcionado por ese hombre hasta que tuvo asegurada la manutención, el compromiso, de su marido actual (era cierto que desde que los conocíamos ella no había trabajado, siempre iba bien vestida y acicalada, el tipo de mujer que sabía cuál era la mejor peluquería y el mejor centro de manicura, información que a veces es insustancial, pero que otras veces sirve para explicarlo todo).

No era agradable imaginarse la relación entre nuestros amigos en esos términos, y al mismo tiempo era sorprendentemente fácil, un movimiento involuntario por parte de la imaginación, que no tiene sentido del decoro. Tal vez, incluso después de años de matrimonio, el recuerdo de la cautela de ella fuese motivo de disputa —hay hombres y mujeres que no saben perdonar un desliz, por mucho tiempo que transcurra—, tal vez una de las condiciones del contrato que subyacía en su matrimonio fuese la aquiescencia de que el marido podría hacer pagar a la esposa por ese insulto, esa vacilación, una y otra vez, a lo largo de su vida en común.

A pesar de todo, me sentí ofendida en nombre de la mujer. Fueran cuales fuesen las circunstancias, me parecía terrible estar casada con un hombre que era capaz de decir semejantes cosas sobre las mujeres, y en presencia de su esposa, en presencia de otras personas; o mejor dicho, en presencia de otra mujer, sospecho que los hombres dicen cosas así entre ellos continuamente. A partir de entonces evité a aquel hombre, buscando excusas cada vez que Christopher proponía alguna actividad, una cena o un fin de semana fuera en compañía de la pareja, hasta que Christopher aceptó que ya no deseaba ser amiga de ellos. Por lo menos, así fue como lo entendió él, y yo no traté de disuadirlo de esa idea, era cierto que aunque mi desagrado tenía su origen en el marido, se había extendido a la esposa, con una forma más suave de incomodidad… Ya no podía sentirme a gusto con ella.

Varios años después, esa frase todavía coleaba en mi mente —«Las mujeres son como los monos, no se sueltan de una rama hasta que han agarrado otra»— y regresó a mí de nuevo cuando la historia con Yvan avanzaba. Sabía que, a partir de un momento dado, ya no bastaba con decir que la situación era complicada, esa expresión ya no servía para hacernos ganar tiempo (aunque sin duda sí era complicada, yo estaba casada y no me había separado de forma oficial, ni siquiera pública, seguía viviendo en nuestro antiguo apartamento, Christopher se había marchado vete a saber dónde, al principio se quedó en casa de amigos, luego en un piso vacío que pertenecía a su madre y que esta solía alquilar, pero que casualmente entonces estaba libre y él le dijo que utilizaría de despacho).

No, en un momento dado, era preciso dar un paso adelante, ya fuese para desenmarañar la situación o para aprender a convivir con sus complicaciones, esto último era la solución más común: la vida de las personas se complicaba conforme se hacían mayores, para acabar simplificándose de nuevo cuando eran viejas decrépitas. Los hombres eran mejores en eso, eran más capaces de propulsarse por la vida, a menudo un hombre esperaba poco tiempo después de un divorcio para casarse de nuevo, se trataba simplemente de aprovechar la oportunidad, algo que no le causaba vergüenza alguna. Para una mujer era diferente (las mujeres se autocensuraban más, era su especialidad, les habían enseñado a ser así a lo largo de toda la vida), y sin embargo las emociones que yo sentía por Yvan, alguien tan distinto del hombre con el que había estado casada, el hombre con el que seguía casada, se negaban con tozudez a desaparecer.

Al final sí me mudé al piso de Yvan, tres meses después de que Christopher y yo nos separásemos. El trabajo de periodista le proporcionaba un estilo de vida confortable, pero no lujoso. Tenía muchas menos cosas que Christopher, pero esas cosas parecían importar más, ser más acogedoras, y coloqué mis pertenencias entre ellas con una facilidad asombrosa. Vivíamos en el apartamento, a menudo trabajábamos juntos en la misma habitación, comíamos y nos íbamos a la cama sin habernos despegado en todo el día. Aunque su piso era mucho más pequeño que el de Christopher, como pareja parecía que necesitábamos menos espacio; era la discordia la que había requerido todo aquel espacio.

Y al cabo de poco, Yvan empezó a animarme a formalizar la separación de Christopher, o al menos a que le informara de que ya no vivía en nuestro antiguo piso, por entonces Christopher no sabía ni siquiera eso. Al principio Yvan se mostraba vacilante, parecía inseguro de cuáles eran sus derechos —el progreso de una relación, para bien o para mal, siempre puede describirse a través de la acumulación o la pérdida de derechos—, pero conforme la relación avanzaba, y ahora que además vivía en su casa, dejó claro que lo estaba poniendo en una situación incómoda, solo quería saber cuál era su lugar y a qué atenerse.

Lo cual era una petición justa, hasta yo lo reconocía. Desde un punto de vista meramente logístico, era vital que le contara a Christopher que me había marchado del piso. ¿Qué ocurriría si había una fuga de agua, y qué pasaba con el correo que se iba acumulando en el buzón? Eran asuntos sencillos, prácticos. ¿Por qué, entonces, me costaba llamar a Christopher y contarle algo que era poco probable que lo pillase por sorpresa, teniendo en cuenta que Christopher e Yvan ya se conocían? ¿O era porque Christopher me había pedido que no le contara a nadie que nos habíamos separado, una petición a la que yo había accedido, a pesar de estar viviendo ya en casa de otro hombre, un hombre que además era su amigo?

Por motivos evidentes, esta indecisión —que podía acabar convirtiéndose para nosotros, como para la pareja con la que habíamos cenado, en una duda fatal— tenía que permanecer oculta ante Yvan. Le dije que se lo contaría a Christopher, aunque nunca llegamos a especificar qué le contaría. Nunca me exigió directamente que le pidiera el divorcio, tal vez porque pensaba que eso sería propasarse, y en cualquier caso, era humillante obligar a una mujer a pedirle el divorcio a su marido, una mujer debería ofrecer algo así por propia voluntad, con el fin de poder estar con el hombre al que ama.

Sin embargo, cuanto más tiempo pasaba en Gerolimenas esperando a Christopher, más se disipaban los deseos de enfrentarme a él cara a cara. No dudaba de la profundidad de mis sentimientos por Yvan, pero el tema empezaba a parecer más una cuestión de administración que de pasión, algo difícil de admitir ante mí misma, mucho menos ante un amante impaciente. Quizá era una cuestión de edad: «No puedes decir que lo hiciste por amor, pues a tu edad las pasiones románticas se han debilitado y el corazón obedece a la razón».

Y no obstante, la razón dictaba que no podía estar casada con un hombre y vivir con otro, por lo menos, no durante mucho tiempo. «El corazón obedece a la razón.» Lo que resultaría irracional sería continuar en ese estado de indecisión, ni dentro ni fuera del matrimonio, ni con este hombre ni sin él. Cuanto antes fuese capaz de liberarme de esa situación, mejor; no podía permanecer comprometida con dos expectativas diferentes y antagónicas, me recordé que había razones por las que necesitaba encontrar a Christopher, ya no por su bien, sino por el mío.

¿Y si voy a reunirme contigo?, insistió Yvan.

No creo que sea buena idea.

Me preocupaba que considerase mi respuesta demasiado agresiva, demasiado hostil, no pretendía negar su ansiedad, aunque tampoco es que quisiera alimentarla precisamente, eso no nos haría bien a ninguno de los dos. Continué: Enturbiaría las aguas, no quiero que te veas involucrado en esto, no me parece justo para nadie, y antes de que pudiera explayarme mucho más, me cortó diciendo: Por supuesto, tienes razón, es solo que te echo de menos. Yo también te echo de menos, contesté.

Charlamos un poco más, le hablé del hotel, de la recepcionista Maria… Le parecía que la idea de que Christopher pudiera haberla seducido era tremendamente entretenida, eso era, dijo, justo el tipo de cosa que haría

Christopher, era un ser de lo más perverso, pero en cierto modo era también… «chic», añadió, cambiando la entonación para que las comillas resultaran audibles. Nos echamos a reír, fue un momento bonito, era como si estuviésemos charlando de un amigo común por el que ambos sentíamos afecto, y en cierto modo así era.

Antes de despedirnos le dije una vez más que no tenía motivos para preocuparse, era poco probable que Christopher pusiera alguna objeción a mi petición de divorcio, la última vez que habíamos hablado parecía indiferente, me había dado la sensación de que tenía bastante prisa por colgar, como si tuviese que marcharse con urgencia a algún sitio. Era la primera vez que había utilizado la palabra «divorcio», y me pareció percibir más que oír la explosión de felicidad de Yvan. Es una situación incómoda, pero nada más, continué, en cuanto Christopher regrese al hotel le diré que quiero el divorcio y entonces se acabó, a partir de ese momento será solo cuestión de papeleo. En ese caso, dijo Yvan, y noté que se esforzaba por que su voz sonara despreocupada, confío en que vuelva pronto.

4

Esa misma tarde contraté los servicios de un taxi para que me llevara a una de las aldeas más pequeñas del interior. Imaginaba que Christopher habría hecho lo mismo en algún momento: todo tenía un límite, incluso el tiempo que uno podía pasarse en la terraza, junto a la piscina, o dentro de los confines del hotel, antes de que el tedio hiciera acto de presencia.

Le dije a Kostas que quería ver los alrededores. Intentó convencerme de que no había nada que ver. Le comenté que me parecía imposible que fuese así, había kilómetros y kilómetros de campo que se extendían ante nosotros. Al final, mencionó a regañadientes una iglesia cercana con unos frescos que en otra época habían sido impresionantes, hasta que los habían desgraciado unos miembros del Partido Comunista local.

Le dije que sonaba bien, parecía interesante. Se retractó al instante, y empezó a ojear una pila de folletos y trípticos en busca de alguna otra opción con la que tentarme. Había unas cuantas excursiones que podía recomendarme, o podía reservarme mesa en un restaurante famoso de un pueblo que había en la costa. Ese pueblo era más grande que Gerolimenas, tenía bares, incluso una discoteca. O también podía alquilar un barco, había una isla cercana con unas playas fabulosas que valía la pena ver, me la recomendaba sin duda.

Le dije que prefería ir a la iglesia, tal vez probara el restaurante o la excursión a la isla otro día. Todavía parecía reticente, así que le dije que solo quería tomar un poco el aire, cambiar de escenario. No hacía falta que fuese nada espectacular. Por fin, se encogió de hombros y llamó a la compañía de taxis del pueblo para pedir uno. En cuanto colgó, volvió a advertirme de que no era nada impresionante, solo era una iglesia rural, muy pequeña y prácticamente abandonada, no era el tipo de lugar por el que la gente acudía a la zona. La gente venía aquí por el mar, por la playa, por las vistas...

Empezó a llover cuando salíamos de la aldea. Le pregunté al chófer cómo se llamaba y me dijo que Stefano. Le pregunté si conocía a Kostas y a Maria. Sí, me contestó, los conocía de toda la vida. Habían crecido juntos. Maria en especial... Era como una hermana para él. Le dije que era un pueblo muy pequeño. Asintió. Todos se conocían, nadie se marchaba a vivir fuera. Le pregunté si la gente no se mudaba a las ciudades, a Atenas, por ejemplo. Negó con la cabeza. En Atenas no hay trabajo, la tasa de desempleo es la más alta que ha habido nunca.

Entonces nos quedamos en silencio. Todo el paisaje estaba negro a causa de los incendios. Avanzamos entre las colinas, alejándonos de la costa. La vegetación se había visto diezmada, reemplazada por montículos de carbón quemado, un paisaje lunar. Filas y filas de curiosas formas se extendían por el terreno. En algunos puntos todavía ascendía el humo desde la tierra: según contó

Stefano, los incendios habían estado activos hasta hacía apenas una semana, solo en los últimos días habían conseguido extinguirlos después de semanas, meses de arder sin cesar.

Le pregunté a Stefano cómo habían empezado las llamas y me dijo que había sido un incendio provocado. Esperé a que continuara hablando. Una disputa entre dos granjeros, al parecer a propósito de un robo de ganado. Me contó que el ganado deambulaba por todas partes, ¿quién sabía qué animales pertenecían a cada uno? A veces una cabra acaba en el campo equivocado, no era un asunto que justificase semejantes represalias. Pero, claro, los granjeros no pensaban, se limitaban a hacer acusaciones descabelladas, primero uno y luego el otro, cada improperio más encendido que el anterior. Luego empezaron a robarse animales el uno al otro, del ganado robado al vandalismo solo había un pequeño paso, la situación se les fue de las manos, cada vez se involucraron más personas —familia cercana y amigos, luego parientes lejanos y amigos de amigos— y después, de repente, el campo entero empezó a arder.

Una absurdidad, dijo. Era difícil no darle la razón, había un abismo insalvable entre el hecho de perder una pieza de ganado, una cabra, una vaca, una oveja, y la devastación que nos rodeaba. No era tan sencillo, me explicó, el asunto era una versión moderna de las venganzas de sangre, el ganado y los incendios no eran más que la última manifestación de algo que se renovaba cada año. Igual que se renueva la tierra, me dijo, y se renovará después de los incendios… Con la primavera llegará una afrenta nueva, por otra cosa pero que en realidad es la misma, este es un país adicto a pelear.

Sobre todo en Mani, me dijo que la zona era famosa por su cruenta historia de peleas, los maniotes (como se conocía a la gente de Mani) tenían fama de ser muy independientes, pero costaba saber para qué había sido buena esa independencia. Aquí no hay nada, me dijo. Mire, ya lo ve... No hay nada salvo piedras, este lugar es una colección de piedras. Hemos luchado por nuestra independencia y nuestra tierra, y todo lo que podemos mostrar a cambio es una colección de piedras.

Hizo virar el coche para introducirse en una carretera estrecha de un solo carril, en la que la vegetación no había quedado calcinada por completo sino que se había fundido de un modo extraño, a ambos lados de la carretera había cactus medio desmayados, con los brazos doblados hacia delante y los pinchos chamuscados. El olor era horrible. La tierra se pudría, dijo Stefano. Llevaba oliendo así todo el verano. Junto a la costa, donde estaba el hotel, el olor se disipaba, el viento lo arrastraba hacia el mar, pero en la zona interior el hedor se había acumulado día tras día. Había sido aún peor en la época más calurosa del verano, cuando las temperaturas habían subido muchísimo y el olor era tan insoportable que apenas se podía respirar.

Una modesta iglesia de piedra se veía en el horizonte. No había nada en las inmediaciones, solo el paisaje quemado. Continuamos hasta llegar al edificio. Había latas aplastadas y oxidadas en la hierba achicharrada a su alrededor, toda clase de desperdicios. Varios grafitis afeaban el exterior de piedra: enormes caracteres griegos que me esforcé por descifrar, *lambda, phi, epsilon*... Yo hablaba y traducía del francés. Había otras marcas grabadas en las puertas de madera, el lugar en conjunto estaba en muy mal estado, no parecía que hubiera nadie encargado de su mantenimiento, costaba imaginarse a una congregación reuniéndose allí. Stefano apagó el motor y se encogió de hombros con expresión sombría.

No es gran cosa, no hay mucho que valga la pena ver. ¿Todavía se utiliza? Pues claro, me contestó. Parecía algo sorprendido. Por supuesto que sí.

Abrí la portezuela del coche. El suelo absorbía de inmediato la llovizna y permanecía seco. Stefano me preguntó si necesitaba paraguas, creía que llevaba uno en el maletero. Le dije que no hacía falta, la lluvia era cálida y no me resultaba molesta. Se encogió de hombros y salió del coche. Lo seguí hacia la puerta doble de la iglesia, que abrió de un empujón, por lo visto nada se cerraba con llave por allí. Entonces dio un paso atrás y señaló el penumbroso interior. Se metió la mano en el bolsillo y sacó un paquete de tabaco, luego dijo que me esperaría fuera.

Encendí la luz: una solitaria bombilla se encendió con un fuerte zumbido. El interior apenas se iluminó. Al cabo de un momento, mis ojos se acostumbraron a la oscuridad. Era cierto que se trataba de un espacio humilde, varias filas de bancos de madera, un altar sencillo y un relicario. La iglesia era bizantina, probablemente del siglo XII o XIII, había un fresco inmenso que ocupaba tres de las paredes. Las caras del fresco estaban borradas, lo cual provocaba un efecto extraño, una hilera de santos de pie, ciegos y sin rostro, convertidos en personas anónimas por una mano igual de anónima.

Alguien había escrito más caracteres griegos en las paredes del fresco; no parecía que los hubiera trazado la misma persona o personas que habían pintarrajeado el exterior de la iglesia, la pintura era de otro color, más desvaída pese a la evidente falta de luz solar en el interior; además, el revoltijo de letras tenía otra forma. Stefano fumaba en la entrada. Le pregunté qué ponía en las pintadas. Con cuidado, apagó bien el cigarrillo y luego se inclinó a recoger la colilla.

Entró en la iglesia y se apresuró a santiguarse antes de pararse delante del fresco. Data de la guerra civil. Dio un paso al frente y tocó la pared. Los comunistas les borraron la cara a los santos —literalmente les dejaron sin cara, dijo con una turbia sonrisa, ¿lo ve?— y escribieron algún estúpido mensaje de propaganda comunista. No se leen todos los caracteres, porque algunos están tapados, pero dice, y tradujo: «Frente Unido desde Abajo».

Señaló una línea de caracteres, una gran parte de ellos había quedado cubierta. Me fijé en que no era una única pintada como había pensado en un principio, sino dos mensajes separados escritos en dos momentos distintos, el primer bloque de caracteres tachado de forma imperfecta y cubierto solo en parte por el segundo. Stefano movió los dedos y señaló el segundo conjunto de caracteres. Luego vino el ejército y tapó el eslogan comunista para escribir su propia consigna: «Atenas es Grecia». Pero, como ve, hicieron una chapuza. Por eso se siguen viendo algunos fragmentos del eslogan comunista: «Fren…» y «… ajo». Así pues, si se lee todo junto, es un sinsentido, una frase absurda: «Fren Atenas es Grecia ajo».

Continuó con su explicación. Pensaron que no bastaba con pintar encima del eslogan antiguo y dejar su propia consigna, sino que también intentaron grabar su mensaje en la piedra, pero no terminaron la labor.

Observé la superficie pétrea, era cierto, alguien había grabado varios caracteres −de apenas unos centímetros de altura, mucho más pequeños que la pintada que se desparramaba debajo, trazada con una mano mucho más libre, pues, al fin y al cabo, era mucho más difícil grabar en la piedra− y después se había detenido de forma abrupta, como si lo hubieran interrumpido o quizá decidiera que el esfuerzo no valía la pena.

Es extraordinario, le dije a Stefano, como testimonio del conflicto. Se encogió de hombros: Esta iglesia es mucho más vieja que esa trifulca política, muchos siglos más antigua, en otro país lo habrían limpiado, habrían invertido dinero para conservar la iglesia, para rehabilitarla, pero ¿aquí?

Asentí con la cabeza. Aguardó un instante, como si esperase a ver si quería hacerle más preguntas. Después se dio la vuelta y volvió a salir. Me quedé solo unos minutos más, no quería hacer esperar a Stefano… Aunque vi que ya se había encendido otro cigarrillo, seguro que no le habría importado quedarse más rato, al fin y al cabo el taxímetro seguía corriendo. Dentro de la iglesia se estaba fresco, un respiro frente al calor seco de fuera. Me quedé plantada ante la hilera de santos con la cara borrada, nunca había visto nada semejante. Cuando volvimos al coche, le pregunté a Stefano qué más se podía ver, tenía el resto de la tarde libre y quería hacer un recorrido por la zona.

Podría ir a Porto Sternes, no queda lejos, un poco más al sur de la península. Hay unas ruinas bastante interesantes en la playa, son de una iglesia. Dicen que la entrada del Hades está en una cueva de Porto Sternes; a los turistas les gusta, aunque no es más que una cueva, una cueva muy bonita, grande incluso, pero sigue siendo solo una cueva. Contesté que en ese caso podía prescindir de verla, aunque me gustaba la asociación entre los mitos y los lugares normales, lugares a los que se podía ir; tal vez si alargaba mi estancia, iría un día a verla.

¿Qué la ha traído a Mani?, me preguntó Stefano. Era una pregunta razonable, para la cual no se me ocurrió ninguna respuesta. De vacaciones, para relajarme, quería tomarme un descanso, siempre había querido venir a Grecia. Al ver que no le contestaba, continuó: La mayoría de la gente que viene al pueblo no sale del hotel, como mucho van a la playa o a una de las islas. Nunca les interesa ver el interior del país.

Mientras hablaba, nos dirigíamos al interior, atravesando una aldea. Había casitas de una sola planta a ambos lados de la carretera. Estaban hechas de cemento en lugar de piedra, sin el menor encanto, era cierto que no había mucho que ver. Los perros callejeros merodeaban por ahí sueltos y los patios delanteros estaban protegidos con vallas de espino. En algunos puntos, el alambre se había soltado de las estacas. Fuera de las casas había sillas de plástico, gastadas y amarillentas por la exposición al sol. No tenía ni punto de comparación con Gerolimenas, un pueblo en esencia pintoresco. Así, y no como Gerolimenas, debía de ser el pueblo de Stefano, Maria y Kostas.

El chófer seguía mirándome por el espejo retrovisor, y repitió la pregunta: ¿Qué la ha traído a Mani? Sentí un breve impulso de contestarle la verdad: tal vez resultara un alivio expresar mi situación ante alguien, el propósito que había detrás de mi visita a Grecia, su desconcertante duración, que todavía estaba pendiente de decidir. ¿Por qué no hacerlo ante ese hombre, en esencia un desconocido, alguien no del todo comprensivo pero tampoco carente de comprensión? Por ejemplo, era posible que hubiese llevado a Christopher en algún momento, incluso cabía la posibilidad de que supiera adónde había ido. Pero no lo hice. En lugar de eso, y sin saber muy bien por qué, sin saber siquiera de dónde procedían las palabras, le contesté: Estoy preparando un libro sobre el duelo.

Las palabras sonaron falsas en cuanto las pronuncié, una ficción cogida con pinzas. Si Stefano y Christopher se habían conocido en algún momento, ya sabría que mi explicación era mentira, pues era muy poco probable que hubiese dos turistas escribiendo dos libros distintos sobre el duelo. Pero para mi sorpresa y alivio, la explicación no resultó demasiado inverosímil para Stefano, quien pareció interesado e incluso complacido. Me dijo que no era la razón más frecuente por la que la gente iba a Mani, pero que era una buena razón, un motivo interesante que podía comprender, mucho mejor que el de los turistas que venían por las playas.

¿Había venido por las plañideras?, me preguntó. Y le contesté: Sí, exacto. Y luego no se me ocurrió nada más que añadir. Por suerte él continuó: ¿había oído alguna vez a una plañidera?, era fascinante, algo hermoso, muy conmovedor. No, le dije. Nunca he oído a ninguna en persona, solo he oído grabaciones… Era falso, y no tengo ni idea de por qué seguí elaborando esa mentira sin pies ni cabeza, confiaba en que no me pidiera que describiera las grabaciones o le contara qué conclusiones había sacado, tal vez las plañideras no permitieran que grabaran sus lamentos y el hombre había sabido de inmediato que no le decía la verdad.

Me habría gustado cambiar de tema, pero Stefano estaba entusiasmado, me dijo que de hecho su tía abuela era una plañidera muy admirada, una de las mejores de la región. Algunas veces se desplazaba bastante lejos para llorar en los entierros, la gente la contrataba incluso en pueblos en los que tenían sus propias plañideras. Qué lástima que no hubiera ningún funeral al que pudiera asistir ese día, por desgracia no había muerto nadie en ninguna de las aldeas de la zona. Lo dijo sin rastro alguno de morbo, se limitaba a ser práctico. ¡Si hubiera llegado un mes antes!, exclamó. Varias personas habían fallecido en los incendios y el campo se había llenado de lamentos. Su tía abuela y una amiga de ella, que a menudo cantaban juntas, habían viajado de funeral en funeral, cantando sin parar, derramando su ulular –la música del duelo– por el aire.

Dije que sentía habérmelo perdido, un comentario idiota, pero no pareció darse cuenta. Era una práctica que estaba agonizando, dijo de pronto. Ninguna mujer de las generaciones más jóvenes quería convertirse en plañidera, ni siquiera existía el oficio en muchos lugares aparte de en Mani. En su opinión, era una auténtica lástima. No es que él fuese un tradicionalista, puntualizó. Pero hoy en día las chicas querían ser famosas, querían salir en televisión, vestían como prostitutas y luego se sorprendían de que les faltaran al respeto. Se sumió en un silencio meditabundo, saltaba a la vista que hablaba de alguien en concreto.

En cualquier caso, su amiga Maria no parece ser así, le dije, parece una chica muy sensata. Siguió callado otro instante: su rostro se había iluminado al pensar en la mujer, pero luego se había ensombrecido de nuevo, obviamente había algo que lo impedía. Sí, contestó al fin. Casi se pasa de sensata, es una chica muy práctica. Eso es una gran virtud, pero también puede convertirla en una persona un tanto dura. Me parece que no le gustan las tonterías, comenté. Me dio la razón. Desde luego que no, a veces es impaciente, se nota en su forma de ser, no oculta nada, es incapaz de engañar a nadie, y lo dijo con orgullo, casi como si alardeara de ella.

¿Qué desea una mujer como ella?, pregunté. ¿Qué espera de la vida? (¿Tendría puestas sus esperanzas en mi marido?) ¿Qué espera de la vida?, repitió. Casarse, tener hijos, vivir en una casa bonita. Su voz sonó irritada. Eso era imposible, ninguna mujer tenía una imaginación tan limitada, y Maria no sería la excepción. Me había parecido ambiciosa, aunque sus ambiciones no necesariamente implicasen que deseara aparecer en la televisión nacional, aunque sus ambiciones se limitasen solo a escapar, de un modo todavía por definir.

Pensé que Stefano también debía de saberlo, porque se le torció el gesto incluso mientras hablaba. El corazón del proverbio, latiendo en su mano. Esperaba sentir lástima por él —aunque no sabía qué había ocurrido entre Maria y Christopher, ni tampoco qué habría entre el conductor y ella—, pero en lugar de eso sentí afinidad con ese hombre, no noté ni pizca de la distancia clarificadora de la lástima. Y eso a pesar del hecho de que las razones para esa afinidad (si, de hecho, esa era la palabra adecuada) eran cuando menos débiles, no teníamos nada en común salvo que ambos, en un sentido hipotético, nos habíamos sentido traicionados.

Pero solo en un sentido hipotético, y solo una clase de traición: no teníamos nada que reclamar a esas personas, o al menos, solo podíamos reclamarlo de manera parcial e imperfecta. Stefano no tenía derechos formales, pero contaba con el peso de su afecto; yo tenía el derecho legal, pero no la autoridad del amor. Juntos, tal vez habríamos tenido el derecho de sentirnos ultrajados o celosos, pero tal como estaban las cosas, no teníamos nada salvo un pozo privado de sentimiento. En mi caso, me daba la impresión de que ese sentimiento estaba cada vez más indefinido; conforme mi vida con Christopher empezaba a convertirse en agua pasada, todo lo que había descubierto sobre él −un detalle insignificante de su nueva vida, una revelación de su vida anterior− era motivo de un potencial malestar, causaba un pinchazo de dolor mayor o menor, o incluso una indiferencia ocasional. Así era el proceso por el que dos vidas se desvinculaban, al final el miedo y el malestar palidecerían y se verían reemplazados por una indiferencia continua, me lo encontraría por casualidad en la calle y sería como ver una fotografía vieja de ti mismo: reconoces la imagen, pero eres incapaz de recordar bien cómo te sentías cuando eras esa persona.

Pero Stefano… ¿quién sabía si su pasión también daría paso a esa lasitud, o si demostraría ser más fuerte y duradera? ¿Acabaría casándose con otra chica −siempre había otra chica, tanto si él era consciente como si no, tanto si la tenía en mente como si no, era un hombre guapo y para un hombre guapo siempre hay otra chica− aunque siguiera alimentando las ascuas de su primer amor? La gente era capaz de vivir la vida en un estado de decepción permanente, había infinidad de personas que no se casaban con quien esperaban casarse, y mucho menos vivían la vida que esperaban vivir, otras personas se inventaban sueños nuevos para sustituir a los viejos, encontrando razones renovadas para el descontento.

Observé a Stefano mientras se mordía el labio y miraba atento la carretera. No me parecía que fuese uno de esos inventores de descontento. Sabía lo que quería, ni siquiera estaba fuera de su alcance, aunque persuadir a quien no quiere de que ame era una empresa arriesgada, y que, además, escasas veces salía bien. Por desgracia, es difícil convencer a alguien de que necesita algo cuya finalidad no consigue ver.

Empezó a llover de nuevo cuando llegamos al hotel. Stefano dudó un momento antes de apagar el motor, y entonces me preguntó si quería conocer a su tía abuela, la plañidera. Se apresuró a añadir que no podría escuchar sus lamentos (No lo hace a demanda, me dijo, algo que me pareció ilógico, pues pensaba que eso era precisamente lo que hacía). No obstante, tendría oportunidad de hablar con ella, dijo, entrevistarla, sí, entrevistarla, repitió la palabra, como si resultara extraña en su boca.

Dije que podía serme útil. No se me ocurrió ninguna respuesta que sonara más lógica, se suponía que estaba en Mani para investigar sobre los rituales funerarios de la región, en mi lugar Christopher habría aceptado el ofrecimiento de Stefano sin dudarlo. En realidad, quizá lo hubiera hecho ya: si la tía abuela era una plañidera tan famosa, ¿no era más que probable que Christopher hubiese ido a verla? Incluso cabía la posibilidad de que hubiese compartido con ella su investigación y sus planes de viaje, el misterio de su paradero actual. Stefano miró el reloj, dijo que suponía que su tía abuela estaría en casa en ese momento, porque era justo después de la hora de su siesta —era mayor, necesitaba dormir la siesta—; si yo estaba libre, podíamos ir a tomarnos un café con ella.

Le contesté que me parecía buena idea. Sacó el móvil y marcó mientras yo permanecía sentada en el asiento de atrás. Habló apenas unos segundos antes de colgar, lo hizo con voz jovial, tenía pinta de ser un buen hijo, un hombre que cuidaba de su familia. Está bien, me dijo, le he dicho que era mi amiga, tiene muchas ganas de conocerla. Más tarde ya le hablaremos del libro. Encendió el motor y añadió que no estaba lejos, a poco más de quince kilómetros hacia el interior. Retomamos la carretera que acabábamos de atravesar, Stefano estaba hablador, parecía emocionado de poder presentarme a su tía abuela, encantado de que fuese con él. Había algo casi sospechoso en su actitud, volví a preguntarme si habría llevado en el taxi a Christopher, tal vez incluso a casa de su tía abuela, puede que le hubiese dicho esas mismas palabras: «Tiene muchas ganas de conocerlo, su casa no está lejos».

No tardamos en aproximarnos a otra aldea, muy similar a la que acabábamos de cruzar, una sucesión de casas bajas a lo largo de otra carretera de un solo sentido. Paró el coche delante de una casita blanca, había ropa tendida y unos maceteros con flores de plástico junto a la puerta, incluso desde fuera el lugar se veía un poco destartalado y al mismo tiempo cuidado con mimo. Esa impresión no cambió cuando subimos los peldaños de la entrada. Stefano dio unos golpecitos en la puerta antes de empujarla para abrirla —ahora parecía más joven, como un muchacho que regresara a casa después de las clases– y llamó a su tía abuela, que apareció de inmediato.

Nos saludó con una sonrisa, luego meneó la cabeza a modo de disculpa mientras Stefano me aclaraba que no hablaba ni una palabra de inglés. Nos indicó por señas que pasásemos a la cocina y sacó una silla para que me sentara sin dejar de sonreír. Su alegría parecía casi inquebrantable. ¿Nescafé?, me preguntó –una pregunta que supe entender–, y le dije que sí con la cabeza. Poco después estábamos los tres sentados alrededor de una mesita (cubierta por un hule de vinilo con un estampado vistoso de cerezas y fresas, un poco chabacano pero fácil de limpiar) delante de sendas tazas de café instantáneo, aguado y amargo.

Le pregunté cuánto hacía que vivía en el pueblo, y tras esperar a que Stefano le tradujese la pregunta, respondió: Toda mi vida, cosa que él tradujo al inglés. Asentí y así continuó la conversación, cada comentario iba y venía a través de Stefano, la charla se desarrollaba con un ritmo mucho más lento del que habría llevado en otras circunstancias. Yo estaba más acostumbrada a situarme en el lugar de Stefano (el de transmisora, pero también el de quien entiende lo que se dice). Sin embargo, descubrí que no me importaba; en cierto modo, aunque pareciera paradójico, restaba incomodidad a la situación. No me sentía como si hablase con una desconocida, y tampoco era así para la anciana, pues podía decirse que ella no hablaba conmigo sino con Stefano, sus ojos saltaban de él a mí una y otra vez.

Mientras miraba a Stefano y a su tía abuela, con intención de averiguar las improbables similitudes familiares entre ambos, una arruga entre los ojos, el ángulo de la mandíbula, pensé en Christopher. En mi marido, que bien podría haber estado allí apenas unos días antes. Casi me dio la impresión de notar su presencia en la habitación con nosotros, era posible que incluso se hubiese sentado en la misma silla que yo, enfrente de esas dos mismas personas, y las hubiese mirado exactamente igual que las miraba yo ahora. Pero lo que no podía saber era qué habría extraído de Stefano y su tía abuela, era imposible adivinar las preguntas que les habría planteado. Como siempre, regresé a la ausencia que subyacía en el fondo de mi experiencia con Christopher.

Estuve a punto de preguntarle a la tía abuela si había conocido a Christopher, si había estado allí en la vida real y no solo en mis suposiciones. Pero fui incapaz de encontrar las palabras, no sabía cómo formular la pregunta, así que al cabo de un momento le pregunté a la anciana por los incendios, si conocía a alguna de las partes implicadas. Se echó a reír, su cuerpo se sacudió levemente, era baja pero no una mujer pequeña, su cuerpo parecía hecho de carne compacta, llevaba un vestido de estampado floral pero sus facciones eran andróginas, tal vez por naturaleza o tal vez por la edad. Conoce a todo el mundo, contestó Stefano. Los hombres que hay detrás del fuego provocado… dice que son unos críos. Son hombres, pero son críos. La anciana sonrió, moviendo la cabeza mientras él hablaba, como si entendiese inglés perfectamente.

¿Quería que sacase el tema del duelo?, me dijo Stefano, bajando la voz e inclinándose hacia mí. Me sobresalté, casi se me había olvidado el motivo de nuestra visita, y me apresuré a preguntar. ¿Cuánto tiempo hace que trabaja de plañidera? Era una pregunta absurda, me entró vergüenza nada más pronunciarla, incluso me pareció notar que Stefano me lanzaba una mirada de reproche, tal vez había sido demasiado brusca. Sin duda Christopher habría sabido gestionar mejor la conversación. Pero Stefano se limitó a traducir rápidamente la pregunta y la respuesta: Mi madre era plañidera, y también mi tía, es cosa de familia, no había duda de que yo también me convertiría en una de ellas, en cuanto quedara claro que se me daba bien.

¿Y cuándo se dio cuenta de que tenía madera para esto?

Cuando era muy joven. Como le he dicho, mi madre y mi tía eran plañideras, cantaban juntas, recuerdo que de pequeña iba a escucharlas llorar en los funerales. Me sentaba junto con los familiares del difunto y observaba cómo ellas empezaban con su lamento, eran famosas, siempre actuaban juntas. Así que era todavía una niña cuando empecé a intentar cantar como ellas. Y aprendí, primero me enseñaron a cantar, luego a canalizar la tristeza que es necesaria para llorar y transmitir el duelo.

¿Se lo enseñaron cuando era niña?

Incluso los niños experimentan la tristeza. Al principio, cuando era jovencita, pensaba en historias tristes que me hubieran contado, historias de soldados que habían muerto en la guerra, y de esposas y novias que los esperaban en vano. Con el tiempo, conforme me fui haciendo mayor, empecé a tener pérdidas personales que evocar, y se hizo más fácil: perdí a mi padre, a mi hermano, luego a mi marido, en esta etapa de la vida no me faltan fuentes de inspiración.

Entonces ¿piensa en sus pérdidas personales?

Sí. Las canciones de duelo en sí son como lamentos establecidos, cuentan determinadas historias. Pero para lograr sentir lo que transmiten esas canciones, para desencadenar la emoción que es necesaria para el lamento, tengo que pensar en algo personal, cuesta mucho si te mantienes en el plano abstracto. Por esa razón, una plañidera mejora cuando envejece; en la juventud no se tiene una experiencia íntima de la muerte, de la pérdida, no se tiene suficiente pena dentro para poder llorar a los muertos. Es necesario tener una gran cantidad de tristeza dentro para poder llorar en nombre de otras personas y no solo de una misma.

Le centelleaban los ojos mientras lo decía e incluso sonrió, como si hubiera dicho algo gracioso. Luego carraspeó y miró a Stefano, como esperando que le hiciera la siguiente pregunta.

¿Cree que estaría dispuesta a cantar para mí?

Stefano vaciló un momento —ya me había dicho que era poco probable—, pero le planteó la pregunta de todos modos. La anciana hizo una pausa, se recolocó los pliegues de la falda con las manos. Volvió a carraspear y entonces empezó a entonar su lamento. Tenía una voz grave y gutural, comenzó de forma casi vacilante, como si necesitase acostumbrarse al peso de su propia voz, levantando una mano mientras cantaba en una serie de registros atonales. Entonces pareció que había encontrado el hilo que estaba buscando, y juntó los dedos de la mano contra el pulgar, como si quisiera dibujarlo en el aire.

Su voz, que iba desplegándose por la habitación, no era hermosa. Era pesada, tan pesada y agreste como los peñascos que marcaban el paisaje de Mani, un conjunto de piedras. Las notas caían de su boca y se desperdigaban por el suelo como guijarros, primero uno y luego otro y otro más. Se fueron acumulando, hasta que la estancia no tardó en llenarse de su discordancia. La anciana siguió lamentándose, subiendo cada vez más el volumen, los objetos de la habitación vibraban, el sonido de su canto transformaba el interior de la cocina en la que estábamos. Se puso a dar palmadas contra la mesa, cerró los ojos y se meció adelante y atrás, sin dejar de marcar el ritmo con la mano.

Su voz subió una o dos octavas, empezó a emitir un penetrante sonido agudo, y mientras la escuchaba, paralizada, vi que las lágrimas habían anegado sus ojos, los había entreabierto ligeramente, con la cabeza inclinada hacia atrás. Las lágrimas permanecieron un largo instante más en el rabillo del ojo antes de caer lentamente. Hizo una pausa para tomar aliento de forma entrecortada y luego continuó, como si estuviese en trance, ahora con los ojos bien abiertos y la cara mojada por las lágrimas, el lamento salía en torrente de ella.

Miré a Stefano, quería que parase: la anciana estaba sufriendo, ¿y con qué fin? De pronto me sobrecogió la magnitud de mi engaño: no estaba escribiendo ningún libro, no estaba investigando sobre el ritual del duelo, no había nada que pudiera aprender de su dolor, de cuya autenticidad no dudaba. A pesar de que se trataba de una actuación, en resumidas cuentas, algo que hacía por encargo, a pesar de que toda la situación era algo fabricado. Y entonces comprendí que por eso le pagaban, no por sus cualidades vocales, ni siquiera por la considerable fuerza de su emoción, sino porque accedía a experimentar sufrimiento en lugar de otras personas.

Por fin terminó su lamento y Stefano le tendió un pañuelo de papel, que la anciana empleó para enjugarse las lágrimas. Bebió un vaso de agua sin mirarme a los ojos en ningún momento, y pensé —mientras bebía y desechaba las preocupadas atenciones de Stefano— que parecía abochornada, como si la hubiesen pillado montando una escena. Yo también me sentí avergonzada y no tardé en levantarme de la silla. Me dijo adiós con la mano sin ningún entusiasmo. No sabía cómo preguntarle a Stefano si le parecía bien que dejase algo de dinero para su tía abuela, así que dejé unos billetes en la mesa del recibidor. Supongo que no le pareció adecuado, vi que Stefano miraba los billetes, pero no dijo nada. Continuaba lloviendo cuando nos marchamos, y caminamos a paso ligero hasta el coche para no mojarnos mucho.

Una vez en la habitación del hotel, me senté en la cama. A pesar de la lluvia, la ventana estaba abierta y el ventilador del techo giraba dando vueltas lentas y rítmicas. Estaba agotada, la tarde me había desinflado físicamente. No me sentía cómoda con el engaño —suplantar la personalidad de Christopher, o al menos su interés por Mani, su motivo para estar allí, un acto de hipocresía que me había llevado nada menos que hasta aquella casa, aquella cocina— y todavía menos con la sensación fantasma que había tenido de mi marido, sentado a aquella mesa, con el olor de su presencia todavía más intenso que en la habitación de hotel abandonada.

Hacía tres días que había llegado y seguía sin haber ni rastro de Christopher. Por primera vez sentí pánico:

¿y si le había ocurrido algo? Debía admitir que no acababa de tener claras mis responsabilidades en una situación así, Christopher tenía todo el derecho del mundo a desaparecer sin que yo indagara su paradero. Pero ¿no llevaba demasiado tiempo sin dar señales de vida? ¿No había algo raro, algo sospechoso en la ausencia de Christopher? Llamé a recepción y pedí una lista de hoteles de los pueblos vecinos, sin especificar por qué. La lista no era larga, en menos de cinco minutos Kostas me devolvió la llamada con los números de teléfono.

De inmediato, me puse a telefonear a todos los hoteles. Christopher no se hospedaba en ninguno de ellos, o si lo hacía no había dado su nombre —pero por qué iba a alojarse en un hotel con un nombre falso, la mera idea me pareció ridícula—, así que colgué, insegura. Quizá hubiera sido mejor preguntarle directamente a Stefano si había llevado a Christopher en el taxi, si sabía dónde tenía pensado hacer su investigación, puede que incluso conociera al chófer que había contratado Christopher para su último viaje, no era tan descabellado. Al cabo de un momento, sonó el teléfono. Era Kostas, me preguntó si necesitaba algo más. Le dije que no, gracias. Vaciló y luego dijo que alguien había visto a Christopher el día anterior en Cabo Tenaro, no muy lejos de Gerolimenas. Sentí al momento una oleada de alivio, que acto seguido dio paso a la irritación: durante todo el tiempo que llevaba esperándolo, Christopher se había limitado a hacer turismo... Le pregunté a Kostas si sabía cuándo volvería.

Dijo que no, nadie del hotel había hablado con él. Hizo una pausa y luego añadió: Lo vio un amigo de Maria, estaba con una mujer. Me quedé tan asombrada que no supe qué contestar. Ella está muy disgustada, está llorando, continuó el recepcionista, y por un momento no supe a quién se refería. Perdone, le dije. ¿Quién está llorando? Maria, contestó, lleva un buen rato llorando, es una auténtica pesadilla. Ah, dije, y entonces añadí sin saber por qué: Lo siento. No se preocupe, respondió Kostas, y casi sonó alegre, como si hablara de algo sin importancia: Ya se le pasará. Pero ¿quiere que le pida un taxi? ¿Le gustaría ir a Cabo Tenaro para reunirse con su marido?

No, dije. Tenía la cara de un rojo encendido y ya no quería seguir hablando por teléfono, tuve que refrenarme para no colgar de inmediato. Kostas se quedó callado y luego dijo: Claro, y que le hiciera saber si había algo más que pudiera hacer por mí. Le contesté que me quedaría otra noche pero no más, que iba a buscar un vuelo para regresar a Londres al día siguiente. Muy bien, dijo. Espero que haya disfrutado de su estancia con nosotros. Sí, dije. Gracias, ha estado bien. Colgué y, al instante, llamé a Yvan para contarle que volvía a casa, y me dijo que muy bien sin preguntarme nada más. Bien, dijo, me alegro.

5

Bajé paseando hasta el mar, no quería permanecer más tiempo en el hotel. Dejé mis cosas en la playa —era una costa rocosa y escarpada, nada lujosa, el paisaje era algo más que pintoresco, tendía casi a la negrura deprimente y extrema— y me adentré nadando en el agua. Estaba fría pero tranquila, así que continué nadando y dejé atrás las boyas y el borde del acantilado, hasta llegar a donde la bahía se abría al mar.

No nadaba a menudo, pero tenía bastante resistencia. El frío era como un calmante, justo lo que necesitaba: era imposible pensar mientras lo sentía. Cuando me cansé paré a descansar, chapoteando, antes de retomar las brazadas, y al cabo de un rato empezó a faltarme el aliento y ya no me recuperaba con tanta facilidad, así que floté haciendo el muerto y miré al cielo —de color blanco más que azul, de modo que la cara del acantilado ascendía imperceptiblemente hacia la atmósfera—, y luego me impulsé para incorporarme y volver a zambullirme en el negro y azul del agua. Cerré los ojos para protegerme del resplandor del sol, y a regañadientes me di la vuelta y me puse a nadar de nuevo en dirección a la orilla. Me había alejado más de lo que pretendía, no sabía cuánto tiempo llevaba en el agua.

Había varias cosas que debía hacer para organizar mi partida, cosas aplazadas más de una vez y que de pronto resultaban inminentes: el billete de avión, las maletas, la llamada a Isabella. Esta vez apenas me detuve a descansar y, cuando mis pies tocaron el fondo —la superficie pedregosa me provocó una mueca de dolor y los levanté de inmediato— estaba tan agotada que me costaba respirar.

Cuando por fin pisé la orilla, dos hombres me gritaron desde el malecón, y una joven me tradujo su mensaje: Dicen que está muy fría, ya no hace tiempo para bañarse en el mar. Contesté que estaba bien y negaron con la cabeza, me habían estado observando, casi esperaban tener que llamar a un barco de rescate, pero era una nadadora fuerte, había vuelto a la orilla sin problemas, estaban impresionados. Habían visto que solo me había parado dos veces para tomar aire y descansar, casi nada, eso estaba muy bien, nadaba mejor que ellos. Les di las gracias a gritos y se despidieron con la mano antes de enfrascarse de nuevo en su conversación.

Esta insignificante interacción me subió el ánimo, era la primera vez que hablaba con alguien de Gerolimenas aparte del personal del hotel, habían sido más amables de lo que me esperaba. Mientras regresaba al hotel, recordé el desdén de Stefano por los turistas que llegaban en rebaños a la zona, no era difícil imaginar qué debían de pensar de mí los lugareños, era justo la clase de persona que seguramente despreciaban. Una forastera, rica —por lo menos en términos relativos, porque me alojaba en el gran hotel en lugar de en los establecimientos más humildes del otro extremo de la calle principal del pueblo, que apenas parecían atraer a los extranjeros—, una urbanita, una turista.

Una turista: casi por definición, una persona inmersa en el prejuicio, cuyo interés era muy reducido, que admiraba los rostros «curtidos» y los modales «rústicos» de los habitantes autóctonos, una perspectiva totalmente despreciable pero aun así difícil de evitar. En su lugar, yo también me habría irritado. Con mi mera presencia, reducía su hogar a un telón de fondo para mi ocio, se convertía en «pintoresco», «evocador», «encantador», palabras propias de una postal o de un folleto turístico. Tal vez, como turista, incluso me habría felicitado por mi buen gusto, por mi capacidad para captar ese encanto, sin duda Christopher lo habría hecho, no era Mónaco, no era Saint-Tropez, esta deliciosa localidad rural era algo más sofisticado, algo inesperado.

Christopher campaba a sus anchas por la zona… Me reí, no pude evitarlo, la imagen era terrible. La combinación de su encanto y su errática simpatía, su persistente incapacidad para imaginar la realidad de la situación de otras personas… No era de sorprender que estuviese sembrando el caos. De repente, me alegré de haber ido a Mani con el fin de pedirle el divorcio. Me imaginé cómo habría sido viajar hasta tan lejos con la esperanza de una reconciliación, solo para descubrir que Christopher deambulaba por el campo, persiguiendo a una mujer detrás de otra. Por un instante, los ojos se me llenaron de lágrimas.

Había llegado al hotel, así que subí los peldaños de piedra que conectaban el malecón con la terraza. Pensé con cierto alivio que solo me quedaba una cena más en el restaurante, ahora que había decidido marcharme me moría de ganas, deseaba que ocurriese cuanto antes. Nada más llegar al vestíbulo del hotel, vi a Maria y a Stefano juntos al lado del mostrador. Me di cuenta de que era la primera vez que veía a la pareja junta, a pesar de que mi mente se había empeñado desde el principio en emparejarlos. Parecían estar en medio de una conversación, tal vez incluso de una discusión.

Maria iba vestida de calle, llevaba unos vaqueros y una blusa, nunca la había visto con otra ropa que no fuese el uniforme del hotel y me resultó chocante. Tanto Stefano como ella estaban casi irreconocibles; aunque tenían exactamente el mismo aspecto que siempre, su actitud, incluso vista desde lejos, era completamente distinta de los modales que mostraban cuando estaban trabajando, eso bastaba para transformarlos en unos desconocidos. En sus respectivos contextos profesionales eran educados, reservados hasta el punto de resultar forzados, conscientes en todo momento de que los estaban observando.

Aquí también estaban siendo observados —Kostas se hallaba detrás del mostrador, escribiendo en un libro de contabilidad, de vez en cuando levantaba la cabeza para mirarlos con expresión irónica, en una ocasión llegó a sacudir la cabeza, saltaba a la vista que no era la primera vez que había visto junta a la pareja, comportándose de esa forma—, al fin y al cabo, estaban en medio del lugar de trabajo de Maria, el vestíbulo del hotel. Y aun así no parecían sentirse cohibidos por el entorno, hablaban en voz alta, gesticulaban e incluso gritaban de vez en cuando.

Me quedé junto a la entrada. Kostas miraba a Maria y a Stefano, Maria y Stefano se miraban el uno al otro, su atención describía una forma casi geométrica. Yo llevaba una toalla alrededor de la cintura, tenía el pelo y el bañador aún mojados —el sol no había sido lo bastante fuerte o el paseo lo bastante largo para secarlos, aunque por lo menos las sandalias ya no dejaban huellas húmedas sobre las baldosas– y me dio vergüenza abrir la puerta y entrar en el vestíbulo, me sentía una intrusa, ridícula y a la vez poco digna. Me senté en una de las sillas de la terraza, quizá no tardasen mucho en irse.

Continué observándolos desde donde estaba: el chófer y la recepcionista. Aunque en ese momento no se apreciaba un exceso de afecto entre ellos, desde luego no parecía ilógico pensar que estaban juntos, es más, quedaban bien juntos, hacían buena pareja. Los dos contaban con la ventaja de la juventud, lo cual no era poca cosa. De hecho, Stefano era más guapo que Christopher, cuyos atractivos habían empezado a disiparse hacía tiempo a causa de la edad. Visto así, no costaba imaginárselos en un abrazo apasionado, la discusión –suponiendo que fuese una discusión, aunque no se me ocurría qué otra cosa podía ser, las señales eran incuestionables– solo podía interpretarse como una pelea de enamorados.

Y, al mismo tiempo, no lo era. No tardé en percatarme de que había algo extraño en la naturaleza del intercambio, la confianza entre los dos no era incondicional, no se comportaban tal como lo harían dos personas que se acostaran juntas, ni siquiera como dos personas que se hubieran acostado juntas en algún momento del pasado, ni, ya puestos, como dos personas que sin duda desearan hacerlo en el futuro. Desde mi asiento no lograba oír qué decían, y además no debían de estar hablando en inglés, claro. Las puertas acristaladas no solo reflejaban mi imagen, sino también la del agua y el cielo que tenía detrás, el amasijo de sillas y mesas de la terraza, una estampa que oscurecía la escena del interior.

Era frustrante, igual que puede ser frustrante ver una película sin voz, mientras las bocas de los actores se abren y se cierran, pero sin que salga sonido alguno de ellas. Quería oír sus palabras, a pesar de que sabía que no sería capaz de comprender qué decían, y además la situación en sí no era asunto mío. Me levanté y abrí la puerta de un tirón para entrar en el vestíbulo, luego me senté en una de las sillas que había dispuestas cerca del mostrador. Me preocupaba dar una imagen de persona excéntrica, allí sentada en medio del vestíbulo con la toalla y el bañador, casi esperaba que Maria y Stefano se volvieran para mirarme, esperaba que Kostas me preguntase qué podía hacer por mí, si necesitaba algo.

Sin embargo, ninguno de ellos reaccionó, era casi como si yo no estuviese allí. Me quedé sentada y, a mi pesar, me sentí paralizada, era tan plausible que los problemas de esas personas en concreto se relacionaran con los míos… Por ejemplo, no podía evitar creer que el origen de su desacuerdo era Christopher, era una suposición razonable. Kostas había dicho que Maria se había disgustado mucho al enterarse de que él estaba con otra mujer, que se había echado a llorar.

Maria dijo algo en voz alta y áspera; como era de esperar, hablaban en griego, y para descifrar la sustancia de su conversación solo podía guiarme por el tono y los gestos que empleaban. No obstante, al menos podía observarlos con más claridad ahora que estaba dentro. Mientras Maria hablaba, meneaba la cabeza. Entonces levantó la barbilla con brusquedad y miró a los ojos a Stefano, como si quisiera retarlo. Me incliné hacia delante, la humedad del bañador estaba empapando el tapizado de la silla, me preocupó que quedara marca. ¿El agua dejaba manchas? Maria y Stefano siguieron sin percatarse de mi presencia, y por un momento me arrepentí de no haber escogido una silla que quedase más cerca de la pareja.

Ahora Stefano hablaba en un tono de voz bajo e imperioso. Maria lo escuchaba en un silencio sombrío, desviando la mirada; él tendría que haberse ahorrado ese sermón, yo no comprendía lo que decía, pero reconocí el tono adoctrinador a la perfección, estaba actuando con condescendencia sin darse cuenta. Aunque Maria lo escuchó sin interrumpirlo, su expresión se mantuvo igual de sombría, torció los labios y esbozó una mueca triste, sin mirarlo a los ojos en ningún momento.

Fuera lo que fuese lo que le decía, a ella no le hacía ninguna gracia. Se le contrajo el rostro, iba dibujando una mueca tras otra, pasando por un abanico extraordinario de expresiones, todas ellas desdichadas. Había dejado de parecer atractiva, tenía los ojos enrojecidos y los párpados hinchados de tanto llorar, lo cual acentuaba aún más sus marcadas facciones. No estaba segura de que Stefano se hubiese dado cuenta, parecía estar pensando en algo muy distinto, tal vez fuese incapaz de percibir la alteración. La miraba con adoración, aunque intentaba ser severo… O por lo menos, eso fue lo que deduje yo.

Stefano continuó hablando, como si temiese que si se detenía, aunque fuese un instante, pudiera perderla para siempre. De vez en cuando gesticulaba con las manos para añadir énfasis, se inclinaba hacia ella, suplicante. Maria no respondió. Aunque lograse convencerla —elucubré cuáles podían ser los puntos más punzantes de su argumento, supuse que tendrían que ver con Christopher (ese hombre era una pérdida de tiempo, un tramposo aprovechado, algo que yo no podía refutar), aunque bien podía tratarse de otra cosa completamente distinta, en el fondo no importaba, estaba segura de que el propósito real de toda su perorata era convencerla de que tenía que amarle igual que él la amaba a ella–, nunca la conquistaría, no de ese modo.

Como si lo hubiera intuido, Stefano retrocedió, exasperado, con el semblante turbado, puso una mueca de rabia discreta pero inconfundible e incluso violenta. Esa rabia no tenía por qué ir dirigida a Maria, pero era rabia al fin y al cabo, tal vez dirigida a Christopher, tal vez hacia la situación en sí o hacia él mismo. Desde su atalaya detrás del mostrador, Kostas levantó la vista para mirarme. Le aguanté la mirada unos segundos y luego la aparté.

Maria soltó un gemido repentino y sin palabras. Tanto Kostas (que todavía me miraba a la cara) como yo nos volvimos para observarla. Estaba de pie con los brazos rígidos y los ojos clavados en el rostro de Stefano. La cara de la joven, pálida como la ceniza, vacía e inexpresiva, era alarmante. Por lo general era demasiado expresiva, expresaba cosas incluso cuando no tenía intención de hacerlo, incluso cuando en el fondo no había nada que expresar. Sin embargo ahora, aunque la cara mantuviera su absoluta redondez, era como si se la hubieran desecado, las facciones se habían hundido. Stefano se había dado la vuelta, seguía diciendo algo, murmurando para sí mismo, pero no la miraba, dio un paso hacia las puertas y entonces se detuvo, no le resultaba fácil dejarla.

Entonces habló Maria, las palabras sonaron duras y ásperas cuando las pronunció. Detrás del mostrador, Kostas soltó un largo silbido por lo bajo. El rostro de Stefano —seguía de espaldas a Maria— adquirió poco a poco un atribulado tono rojo. Levantó la mano, como si quisiera abofetear a alguien que tuviese delante, pero por supuesto allí no había nadie, se había apartado de Maria… y esta vez era sin duda Maria el objeto de su rabia. El hombre temblaba, le iban saliendo manchas en la piel, como si le costase respirar.

De algún modo ella lo había humillado, y entonces supe que Stefano era consciente de que yo estaba sentada en el vestíbulo detrás de él; aunque no dio muestras de verme, era obvio. Y también supe que asimismo Maria era consciente de mi presencia, del hecho de que los estuviese observando, y había empleado esa arma para humillarlo todavía más. Noté un cosquilleo en la piel, volví a sentirme incómoda. A esas alturas la silla ya estaba empapada, cuando me levantase habría una mancha enorme. Kostas continuaba observándolos desde detrás del mostrador, como si fuera un comentarista que añadiese color a la retransmisión de un partido, con una expresión a la vez jovial y preocupada.

Stefano no tardó en recuperar el control de sí mismo, al menos hasta cierto punto: bajó la mano. Pero seguía sonrojado, no había logrado dominar sus emociones por completo, su fisionomía lo delataba. Saltaba a la vista que era un hombre capaz de actos violentos, como tantos otros. Me volví para mirar a Maria, esperaba ver en ella algún signo de temor, no era una situación agradable —ese hombre, con sus emociones reprimidas, su rabia apenas contenida, que no se habría visto aplacada precisamente por el desamor de ella, por el evidente desdén con que lo trataba—, pero no la vi en absoluto acobardada, se limitaba a seguir allí plantada con los brazos en jarras.

Entonces repitió la frase… o eso me pareció, las palabras me sonaron muy parecidas a las anteriores, pero la entonación era totalmente distinta, si su expresión no hubiese sido tan seria, su postura tan rígida, habría jurado que le estaba suplicando algo. Y, de hecho, me pareció que Stefano suavizaba la postura, movía la cabeza ligeramente, como si se lo replanteara. Sí… empezó a darse la vuelta, su rostro mostró esperanza; desde luego, era su esclavo, nunca había visto a un hombre tan fascinado por una mujer, y con tan poco esfuerzo por parte de ella.

Mientras Maria lo observaba, frunció ligeramente el entrecejo, era uno de los dilemas a los que se enfrenta a veces una mujer, bueno, no solo una mujer, sino todos nosotros: embelesa a un hombre sin esfuerzo, un hombre a quien no desea, que la sigue a todas partes como un perro, sin importarle lo mucho que lo azote o lo maltrate, mientras todos sus esfuerzos por atraer y conquistar a otro hombre, el hombre a quien desea de verdad, se ven reducidos a cenizas. El encanto no es universal, el deseo no suele ser recíproco, se acumula y se estanca en los lugares equivocados, poco a poco se vuelve tóxico.

La mueca de la mujer era cada vez más reflexiva, una especie de sonrisa que ya no iba dirigida a Stefano sino a sí misma, saltaba a la vista que Maria era consciente de la ironía de la situación. Aunque no me atrevía a aventurar si la situación o las respectivas posturas de ambos habían cambiado, la expresión de ella no daba demasiadas esperanzas. A pesar de todo, Stefano se acercó y la abrazó, con ambos brazos atrajo el cuerpo de Maria hacia el suyo. Y aunque no me pareció que ella relajara la tensión de su postura, tampoco se apartó de él. El resultado fue un abrazo incómodo, que dudo que satisficiera a Stefano, no era hostil pero desde luego no era sexual ni romántico, ella se limitaba a soportar que la tocara.

Aun así, me quedó claro que, a pesar de que Maria no lo amaba, tampoco quería soltarlo. Quería mantenerlo en el juego —fuera lo que fuese lo que hubiese entre ellos—, tenerlo en la recámara, todas las mujeres necesitaban una segunda opción, por lo menos, todas las que tenían dos dedos de frente. Ella no era tonta, tal como me había dicho Stefano, era una mujer práctica, y aunque se quedó tiesa como un palo en los brazos de Stefano, tampoco le mostró repulsa de ningún modo patente, todo estaba abierto a interpretaciones. Mientras estaba allí plantada como un pasmarote, era posible que incluso se plantease un futuro con ese hombre. Por un lado, estaban la seguridad y el amor, la posibilidad de tener hijos; por otro, estaba el pozo del deseo de él, que tendría que verse satisfecho. Con toda probabilidad, la situación se volvería aún más asfixiante con el tiempo… tiempo, una vida entera, de evitar sus caricias o mofarse de ellas. Sin duda Stefano le haría pagar por su desdén, por los hombres que Maria habría preferido amar.

¡Era impresionante el desprecio que sentía Maria por el hombre que la estrechaba en sus brazos…! Y al mismo tiempo, había infinidad de mujeres que habrían estado encantadas de amar al chófer, era guapo y no le faltaba encanto, y desde luego había demostrado ser capaz de mostrar lealtad. Por supuesto, estaba el problema de su temperamento, pero la capacidad de adaptación de las mujeres era asombrosa, así como su optimismo, una podría vivir con la esperanza de que su rabia remitiera, sobre todo después de que su amor se viera correspondido, no era imposible. Sí, habría sido mejor que Maria lo hubiese dejado libre… que le hubiese dicho que nunca lo amaría, que no tenían futuro como pareja.

Pero no me cupo duda de que no tenía la menor intención de hacerlo. Mientras los contemplaba, ella levantó lentamente un brazo y le tocó la espalda, en una especie de caricia. El gesto era falso, totalmente taimado, lo supe porque le veía la cara desde mi asiento, la disparidad entre su expresión rígida y el movimiento suave e íntimo de sus dedos era perturbadora, daba la impresión de que su mano tuviese vida propia, como si estuviera sacada de una película de terror. Pero Stefano, que no podía ver lo que yo veía, tomó el gesto en serio, y su efecto fue instantáneo. Sus facciones se iluminaron con una esperanza inmensa. Alargó una mano para acariciarle el pelo a Maria y luego lo pensó mejor, no quería tentar a la suerte. Ella se apartó de inmediato, ya era suficiente, parecía decir su actitud.

Aquello decepcionó a Stefano, por supuesto, pero aun así estaba contento, la situación era mejor de lo que pensaba, por lo que a él respectaba no era una causa perdida del todo. Maria continuaba disgustada, pero por lo menos ya no lloraba, ni gritaba, ni siquiera lo fulminaba con la mirada, más bien daba la impresión de querer despacharlo, tenía cosas que hacer, ya había perdido bastante tiempo hablando con él así. En un instante se transformó en una mujer profesional, y muy atareada, incluso miró el reloj y arrugó la frente, había perdido la noción del tiempo, era mucho más tarde de lo que creía.

Le dijo algo a Stefano —de manera brusca, tal vez una despedida apresurada—, él asintió y se apartó de la joven. Ella abrió la puerta del cuarto de empleados, era probable que estuviese a punto de empezar su turno, tendría que cambiarse y ponerse el uniforme, cepillarse el pelo, centrar un poco sus pensamientos. Pero entonces se dio la vuelta para mirar, no a Stefano, sino a mí. Su mirada era directa y no se prestaba a equívocos, tuvo un efecto asombroso: como si un actor que vieras en la televisión de pronto se volviera para mirarte a la cara a ti, el espectador. Me quedé desconcertada, ella asintió con frialdad, tal vez era su manera de indicar que estaba al corriente: las dos sabíamos que ella sabía que yo había presenciado la escena. Admiré el gesto, era más de lo que yo habría podido hacer en su lugar, a su manera era sin duda una mujer formidable.

La puerta se cerró tras ella. Busqué a Stefano con la mirada para ver adónde había ido, y, para mi sorpresa, vi que estaba caminando hacia mí. De forma abrupta saqué el móvil y lo miré, como si tuviese un email a medio escribir o quisiera consultar mis mensajes, una excusa estúpida y poco creíble, nadie se la habría tragado. Pero no sabía qué otra cosa hacer mientras seguía sentada en la silla, esperando a que él se acercara, algo que hizo con sorprendente rapidez. Al cabo de unos instantes lo tenía plantado ante mí, su expresión era amable, un poco cohibida, totalmente anodina.

Cuando habló lo hizo con voz insegura, no se parecía en nada al macho furioso, al amante apasionado, que acababa de ver solo momentos antes. Habló en inglés y, aunque su control del idioma era excelente, como es natural le faltaba la fluidez que poseía en griego. Mientras lo escuchaba me di cuenta de que una de las razones por las que me había parecido más atractivo, más masculino, incluso cuando intentaba conquistar sin éxito a Maria, había sido su desenvoltura con el idioma. Incluso en esa situación tan degradante para él, las dotes lingüísticas le habían permitido ser más contundente que en las situaciones en las que recurría al inglés.

He venido a buscarla a usted, me dijo.

Lo miré con sorpresa, había prestado más atención a cómo lo decía que a lo que había dicho, y aun así era imposible pasar por alto el contenido de sus palabras, la declaración tan directa, pronunciada en un tono plano y asertivo. Por supuesto era falso, había ido al hotel en busca de Maria, con el fin de consolarla (se había disgustado mucho al enterarse de que habían visto a Christopher con otra mujer) o de encararse con ella (¿por qué se había disgustado tanto?). Seguí mirándolo a la cara pero de forma inexpresiva, sin responder, no se me ocurría qué podría ser lo que tenía que decirme, o cuál era el propósito de esa mentira.

¿Le gustaría cenar con mi tía abuela esta noche?, preguntó.

Vacilé un momento, no lo entendía, ¿por qué iba a querer verme de nuevo su tía? Al constatar que no respondía, Stefano continuó.

Puedo llevarla en el coche.

Sonaba esperanzado. La invitación parecía genuina, podría haber sido una reacción instintiva de hospitalidad… Me pregunté si tal vez, después de haber pasado todo un día juntos, había dejado de ser una mera clienta, quizá mi interés (que había tomado prestado de Christopher) por las tradiciones de la zona había hecho que me viera con buenos ojos. Era como si ahora sintiese la obligación de ayudarme en mi cometido, por muy poco serio y articulado que fuese; si rascaba un poco más, la farsa se derrumbaría, yo no tenía ni idea del tema.

Confieso que sentí un pequeño desgarro: tendría que rechazar su ofrecimiento, decirle que era imposible, que estaba a punto de subir a la habitación para reservar el billete de regreso a Londres, acababa de informarme de los vuelos consultando el teléfono. No tenía motivos para sentirme culpable, pero en general no se me daba bien decepcionar a la gente, y mucho menos a la gente que apenas conocía. Intentaba evitar esa clase de interacción, pero por norma general solo conseguía posponer lo que era, desde el principio, algo claramente inevitable: ¿no era por ese motivo por el que estaba precisamente aquí, en Gerolimenas? No, cuando uno sabe que va a decepcionar a alguien, es mejor que lo haga cuanto antes.

El único problema, le dije, es que me marcho, ahora mismo. Ha habido un cambio de planes, ya no es preciso que me quede más tiempo.

¿No va a esperar a que regrese su marido?

Que yo recordara, no le había dicho a Stefano que estuviera casada, y mucho menos que estuviera esperando a mi marido… No tenía por qué ser tan sorprendente, era de suponer que todo el mundo en el hotel lo sabía (Maria se lo habría contado, y si no ella, entonces Kostas). Pero de pronto se mostró avergonzado, como si las palabras se le hubiesen escapado sin querer, sabía que había roto un código, el entendimiento tácito que gobierna nuestras interacciones sociales, por las que fingimos que no sabemos lo que en realidad sí sabemos.

Esta actitud se había exacerbado en los tiempos en que vivimos, pensé mientras contemplaba su color cada vez más intenso; en la era de las búsquedas en Google y de los perfiles en las redes sociales, ¿qué porcentaje de nuestro comportamiento se ve regido por datos que fingimos ignorar? Aunque ni siquiera es preciso recurrir a internet, la conducta o mala conducta sexual suele bastar, una amiga me contó una vez la historia de una cita en la que quedó con un hombre que le gustaba, era músico, me dijo sin tapujos que lo encontraba muy atractivo.

Habían quedado para cenar en un restaurante del barrio que ella no conocía. Ambos vivían en una zona de moda del oeste de Londres que solía aparecer con todo lujo de detalles en revistas, suplementos de periódico y blogs, era todo un logro proponerle un restaurante que a ella no le sonara. Mi amiga se devanó los sesos para elegir el modelo, el típico dilema antes de una primera cita —¿cuál es el atuendo perfecto? Se trata de parecer atractiva, pero también de saber hasta qué punto se quiere revelar el esfuerzo puesto en conseguirlo— se vio amplificado por el hecho de no estar familiarizada con el local, ¿era informal o elegante, la clase de sitio en que los hombres debían llevar americana?

Al final decidió buscarlo en internet. Allí se enteró de que el restaurante era «uno de los locales favoritos entre los residentes de este barrio de moda», con «una carta espectacular y un ambiente cálido y romántico». Eso solo sirvió para exacerbar su ansiedad: ¿cómo era posible que no conociera el restaurante? ¿Qué significaba que ella no lo conociera y él sí? Probablemente nada, eso fue lo que me dijo cuando me llamó, nerviosa, para describirme lo que pensaba ponerse: el vestido verde y los botines negros.

De entrada yo no recordaba cómo eran ni el vestido ni los botines, así que le pedí que me enviara una foto, y me la mandó, tomada en el espejo de cuerpo entero del cuarto de baño, con una mano en la cintura en una pose medio seductora, aunque había cortado la fotografía a la altura del cuello, o mejor dicho justo por debajo de la barbilla, de modo que no se le veía la cara. No sabía por qué se había hecho así la foto, el efecto era un poco inquietante pero el conjunto le quedaba bien, y le di mi aprobación en un mensaje de texto. Diviértete, creo que añadí, aunque ya debería haber sabido, cuando me envió la foto autodecapitada, que el asunto no tenía muchas probabilidades de acabar bien.

El restaurante era pequeño, con apenas diez mesas. Cuando mi amiga llegó, vio que en muchos sentidos era ideal para una primera cita, con las paredes pintadas de un tono oscuro y velas y ramilletes de flores silvestres encima de las mesas, el menú diario estaba escrito con tiza en una pizarra, nada moderno ni ostentoso. No se podía creer que nunca hubiera estado en aquel restaurante, y pensó que en el peor de los casos, si la cita salía mal, por lo menos habría conocido un local nuevo.

Al final resultó que la cita fue bien. Fue tan bien que cuando salieron del restaurante decidieron ir a dar un paseo, hacía una noche muy agradable a pesar de la época del año. Deambularon sin rumbo fijo, todavía no había anochecido del todo, ambos vivían en el barrio. Pero al ver que el paseo se prolongaba, primero subiendo por Portobello Road y luego siguiendo hasta Golborne Road, ella empezó a ponerse nerviosa otra vez, se estaba haciendo tarde, ya había oscurecido y, aunque él la había cogido del brazo para cruzar la calle, apenas había habido contacto físico, quizá en el fondo no estuviera tan interesado.

Mi amiga estaba al borde de la desesperación cuando él se paró de manera abrupta y, señalando una casita adosada que tenían delante, dijo: Esa es mi casa. Ella se detuvo, tan nerviosa que casi no podía ni hablar. Él continuó: ¿Te apetecería entrar a tomar un café? De inmediato, mi amiga se preguntó por qué no le había invitado a tomar una copa en lugar de un café, eran más de las once, un café era raro e incluso un poco ambiguo, mientras que una copa era algo evidente, todo el mundo sabe lo que un hombre o una mujer quieren decir cuando preguntan: ¿Te apetecería entrar a tomar una copa?

Sin embargo, al ver que ella no contestaba, el hombre sonrió y repitió la propuesta: ¿Te apetecería subir a tomar un café? Esta vez se inclinó hacia ella al hablar y sonrió… A ella le pareció que lo hacía con picardía, así que pensó que ya no había ambigüedad posible, un café o una copa, qué más daba, y entonces soltó a bocajarro: No puedo, tengo la regla.

Se quedó anonadada al oír las palabras que salían de su propia boca, recordó que justo antes de salir de casa había pensado que, aunque no era lo ideal, por lo menos significaba que no se metería en la cama con ese hombre a la primera de cambio, con lo que podría echarlo todo a perder. Pero al escucharla él dio un paso atrás, con una expresión a medio camino entre la diversión y la repugnancia, como si quisiera decir: Pero si solo te he preguntado si querías una taza de café, no he indagado acerca del estado de tu útero, ni de la disponibilidad de tu orificio vaginal. En realidad, solo dijo tres palabras: Entonces, buenas noches, antes de besarla educadamente en las mejillas –ella respondió entumecida a su abrazo formal y distante– y desaparecer en el interior de su casa adosada y cerrar la puerta con firmeza.

A mi amiga no la sorprendió que no volviese a llamarla. Lo que más rabia le daba, me dijo cuando me contó lo ocurrido, era que ya no podría volver a ese restaurante tan magnífico, que estaba a poco más de diez minutos andando de su piso. Pero ¿qué había del hombre en cuestión, el atractivo músico? ¿No podía llamarlo por teléfono y bromear para quitarle hierro al asunto? Al fin y al cabo, hasta ese momento habían congeniado, él la había invitado a entrar en su casa, se gustaban. Lo único que había hecho ella era aludir de manera explícita a algo que los dos sabían que estaba latente, ¿qué otra cosa podía implicar semejante invitación, a esa hora, salvo un posible coito? Mi amiga negó con vehemencia, no, nunca. Solo de pensarlo le entraban arcadas.

Y además, añadió, ya no lo deseo. Ahora ya es imposible.

Stefano seguía plantado delante de mí. Una vez rota la farsa de fingir que no sabía lo que yo sabía que él sabía, recuperó enseguida la compostura. Su actitud –que ahora parecía decir: Dejémonos ya de cuentos, sé que sabes que lo sé, o algo por el estilo– hacía que me resultara difícil asimilar e incluso responder a esa transgresión. Entonces caí en la cuenta, demasiado tarde, de que lo más probable era que Stefano supiese desde el principio que mi supuesta investigación no era tal, solo la más endeble de las excusas, debía de haber sabido desde el primer momento que había venido a Mani a buscar a Christopher.

Tal vez hubiera llevado a Christopher en el taxi y hubiera adivinado nuestra relación en cuanto me había sentado en la parte trasera de su vehículo. O tal vez Maria se lo hubiera contado a Stefano, aunque Maria no lo sabía todo sobre Christopher, no sabía, por ejemplo, que el marido ausente se convertiría pronto en exmarido. ¿Se habría sentido aliviada de haberlo sabido? ¿Se habría hecho ilusiones al enterarse de que yo había ido a Gerolimenas para pedirle el divorcio, que pensaba dejar a ese hombre, un mujeriego empedernido, libre para siempre? ¿La habría llevado eso a imaginar un futuro, una boda, una vida juntos, con Christopher? Al fin y al cabo, imaginar no cuesta nada, lo que de verdad cuesta es vivir.

Vi que Stefano empezaba a preocuparse, no ya por la metedura de pata, sino por el anuncio de mi marcha, que, a fin de cuentas, era lo que había provocado su pequeña indiscreción, eso era lo que realmente importaba. Mi respuesta pareció dejarlo abatido, quizá el mero hecho de mi existencia —una esposa no era poca cosa y yo ni siquiera era un ente abstracto, era una presencia material en el hotel, apenas había salido en esos tres días, mi estancia allí habría sido una fuente de constante consternación para Maria— hubiera conseguido que los argumentos de Stefano ante su amada fuesen más persuasivos, al fin y al cabo era absurdo seguir añorando a un hombre que no solo te había abandonado sino que, a todas luces, se veía perseguido por su esposa.

¿Se haría más ilusiones Maria, interpretaría mi marcha como una especie de cesión de terreno? Aunque al final Christopher podría no ser para ella, podría fácilmente ser para la mujer de Cabo Tenaro, o para la siguiente de la lista, siempre habría otra mujer en la lista, sobre todo para un hombre como Christopher. ¿Era por eso por lo que Stefano estaba tan ansioso por que me quedara? Eso dando por hecho que Christopher fuese el origen de su discusión. Stefano continuó: Pero ¿por qué quiere irse? Todavía le quedan muchas cosas por ver en la zona, se las podría enseñar, hay muchas atracciones turísticas a las que es fácil llegar, ahora es buena época, durante la temporada baja, no hay tantos turistas.

En ese momento sentí una oleada de lástima: estaba tan desesperado, parecía saber que sus poderes de persuasión eran, en esta situación, todavía más limitados que los que había mostrado en su discusión con Maria, había algo absurdo en su intento de convencerme a mí, prácticamente una extraña, de que prolongara mi estancia, y él lo sabía, era consciente de que sus palabras caerían en saco roto. Dejó de hablar y se quedó plantado en silencio frente a mí.

Lo siento, dije, y mi voz sonó más brusca de lo que me hubiera gustado, pero no hay nada que hacer, tengo que volver a Londres. Ojalá pudiera quedarme, añadí, como si así fuera a suavizar el golpe, pero él ya había empezado a retirarse, se había dado la vuelta y se alejaba, hacia las puertas de entrada del hotel, sin pararse a decirme adiós. Me quedé perpleja. Alcé la vista y vi que —por supuesto— Kostas me estaba observando, que había sido testigo de todo el intercambio. Se encogió de hombros. No le haga caso, me gritó desde el otro lado del vestíbulo, hoy no tiene un buen día.

6

Esa noche, que iba a ser la última que pasara en Gerolimenas, cené con Maria. Ocurrió de forma bastante
natural, aunque cuesta imaginar una situación más incómoda: la esposa y la amante, sentadas una frente a la
otra a la misma mesa, charlando. La incomodidad se
veía agravada por el hecho de que ella seguía en su
horario laboral, llevaba el uniforme y antes de sentarse
me dijo que su turno no acababa hasta media hora más
tarde y que los empleados no tenían permitido tomar-
se confianzas con los huéspedes, bajo ninguna circunstancia.

Sus palabras sonaron a una especie de anuncio formal, y durante unos segundos se limitó a quedarse de
pie ante mí. La última vez que había intimado con un
cliente la cosa no había terminado bien: ninguna de las
dos lo dijo, pero era como si ambas lo hubiéramos pensado al mismo tiempo, Maria arrugó la frente y permaneció inmóvil, mirando la mesa, con una mano en el
respaldo de la silla. Había sido ella quien me había preguntado si podía cenar conmigo, pero ahora daba la impresión de haber cambiado de opinión. Sin embargo, no
era así, y al final corrió la silla hacia atrás y se sentó.

Esperé a que dijera algo. Debía de tener algo que decirme –por qué sino me habría preguntado si podía sentarse, lo había dicho de una forma deliberada, como si llevase dándole vueltas bastante tiempo, horas cuando no días, tal vez pensaba reprenderme por haber espiado su conversación con Stefano–, pero se limitó a quedarse sentada en el borde de la silla mirando alrededor, parecía ansiosa, tal vez le preocupara que Kostas o algún otro pudiera presentarse y preguntarle qué demonios hacía allí. Los camareros no parecieron percatarse de su llegada, como si la imagen de una empleada cenando con una clienta fuese tan rocambolesca que ni siquiera la hubiesen registrado.

Le pregunté si le apetecía una copa de vino. Pensé que iba a rechazarla, pero luego se encogió de hombros y asintió. Una copa de vino está bien. Hice un gesto para llamar al camarero, que se acercó a la mesa de inmediato. Se colocó ante mí sin mirar a Maria en ningún momento, aunque eran compañeros de trabajo y sin duda se conocían.

Pedí una segunda copa de vino y entonces le pregunté a Maria si había cenado, suponía que no, era la una del mediodía cuando la había visto en el vestíbulo con Stefano y ahora pasaban de las ocho. Negó con la cabeza y le pregunté al camarero si podía traer otro juego de cubiertos, cosa que hizo, aunque no nos ofreció una segunda carta. Con paciencia, le pedí que trajera otra carta, pero Maria dijo que no hacía falta, ya sabía lo que quería.

Procedió a pedir dando explicaciones precisas, en griego, saltaba a la vista que conocía al dedillo la carta del restaurante. El camarero, mientras ella pedía los platos, escuchó impasible con las manos cruzadas delante del cuerpo. No hizo ninguno de los gestos y pequeños movimientos que suelen realizar los camareros para indicar que mantienen la atención: la cabeza cuidadosamente inclinada, los murmullos de «muy bien» y «excelente elección», los pequeños asentimientos intercalados aquí y allá, todos los recursos que me había prodigado generosamente cuando me había servido antes.

Tampoco apuntó lo que pedía. En lugar de eso, se limitó a mirarla a la cara, con las manos cruzadas delante del cuerpo, sin duda ofendido por la seguridad de Maria. Incluso con mi limitada comprensión de lo que decía, me di cuenta de que le hablaba como si él estuviera allí para servirla, no como si fuese un compañero que, por casualidad, se veía temporalmente en el papel de sirviente. El camarero no dijo nada, ni siquiera cuando ella dejó de hablar, así que Maria añadió algo en tono seco, también en griego. Él se volvió hacia mí sin decir nada a modo de respuesta, y me preguntó en inglés si ya había decidido qué iba a tomar.

Pedí una ensalada y un plato de pasta, no era una elección muy inspirada, la pasta no era nada del otro mundo pero estaba cansada de carne a la brasa y quesos, la pesada comida griega —incluso en la versión relativamente cosmopolita que servían en el restaurante del hotel— no se contaba entre mis favoritas. El camarero asintió con la cabeza y dijo que enseguida nos traería el vino. Sonrió mientras recogía la carta y luego se marchó sin mirar a Maria, su falta de educación fue tan descarada que me pregunté si escondería algo más, algún tipo de animadversión entre Maria y él, hasta ese momento me había parecido un hombre de lo más inofensivo.

Después de que se marchase el camarero nos quedamos calladas, ahora ya no había ninguna obviedad que decir, una vez ventilado el asunto de lo que íbamos a pedir. Intenté entablar conversación varias veces, aunque reconozco que con temas bastante banales. Pero me pareció que Maria no tenía la menor intención de ir al grano, de contarme la razón por la que me había pedido sentarse, quizá hubiera sido un error invitarla a cenar conmigo... Quizá no tuviera suficiente tema de conversación para llenar toda una comida y pretendiera permanecer en un silencio pétreo hasta el segundo plato, momento en que por fin se liberaría de la carga y diría lo que tenía pensado decirme cuando se había sentado a mi mesa.

El camarero trajo el vino. Tras otro silencio prolongado, decidí abordar el tema, estaba cada vez más convencida de que no se había sentado debido al incidente de antes, sino porque quería contarme algo sobre Christopher —tal vez necesitase dinero, tal vez estuviese embarazada, tal vez quisiera que yo renunciara a mis derechos sobre ese hombre, tal vez me dijera que estaban enamorados y que yo era el único impedimento, ese pensamiento se me pasó por la cabeza—, en cuyo caso le diría que yo no era una parte interesada y no tenía que rendirme cuentas, que pensaba pedirle el divorcio a Christopher, cuanto antes, en cuanto él regresase al hotel.

Le pregunté a Maria cuánto hacía que conocía a Christopher, cómo había surgido lo suyo, la expresión era un poco insensible, no me gustaba referirme a lo que fuera que había ocurrido entre ellos como «lo suyo», pero no sabía de qué otra forma decirlo. No sabía si era algo tan formal como una aventura (me parecía poco probable, teniendo en cuenta la relativa brevedad de la estancia de Christopher; calculé que, como mucho, hacía un mes que estaba allí), con esa expresión me refería a algo material, algo físico, aunque bien podía haberse tratado solo de ilusiones y flirteo.

Pero ella se puso a la defensiva de inmediato, me miró como si me estuviese burlando de ella sin motivo y supongo que así debió de sentirse. Al fin y al cabo, yo era la esposa, parecía tener todas o al menos la mayor parte de las cartas en esa situación, a pesar de que en esos momentos no era capaz de localizar a mi marido después de haber viajado hasta esa remota ubicación con la esperanza de encontrarlo. Por mucho que me hubiese traicionado (y, a juzgar por las apariencias y por la información que ella tenía, sin duda mi situación resultaba desoladora), por muy manida que fuese la realidad que representaba, ese título y ese estatus seguían teniendo cierto poder simbólico.

Pensé que no iba a contestarme, así que me dispuse a llamar al camarero para pedirle otra copa de vino, tenía la impresión de que iba a ser una comida muy larga. Pero entonces cedió, como si hubiese recordado que había sido ella la que de entrada había provocado la situación al preguntarme si podía sentarse a mi mesa, y murmuró que había conocido a Christopher el mismo día de su llegada. Hablaba en voz tan baja que era prácticamente inaudible, tendría que haberle pedido que subiera la voz, una petición que podría haberse tomado a mal, pero por suerte pareció darse cuenta de que me costaba oírla. Levantó los ojos para mirarme a la cara y repitió: Lo conocí el día que llegó, yo estaba trabajando en la recepción.

Lo dijo como si pensase que haberlo conocido desde el primer día le diera más derecho para reclamarlo, habían sido tres semanas más o menos, la totalidad de la estancia de Christopher en Mani. En comparación con lo que podía haber con la persona con que lo habían visto en Cabo Tenaro, era prácticamente una eternidad. Allí sentada frente a ella, me entraron ganas de decirle que, pese a todo, no era nada comparado con cinco años de matrimonio precedidos de tres años de noviazgo, lo que a su vez no era nada comparado con una década, dos décadas, toda la vida que podía pasarse en compañía de otra persona.

De vez en cuando, a lo largo de nuestro matrimonio, Christopher y yo habíamos visto o incluso pasado algún tiempo con parejas de ancianos de setenta u ochenta años, parejas que habían pasado la totalidad de su vida adulta juntas, y habíamos fantaseado con la incógnita de si nuestro matrimonio duraría tanto. En los últimos tiempos, habíamos sabido que eso no iba a suceder. Y lo que era más, habíamos sabido que, incluso si cada uno de nosotros volvía a enamorarse, era poco probable que llegase a celebrar las bodas de oro con la nueva persona, nuestra esperanza de vida jugaba en nuestra contra, ya habíamos fracasado en ese sentido.

Por un instante, mientras permanecía sentada enfrente de esa desconocida, ese fracaso mutuo fue como un vínculo que se mantenía entre Christopher y yo, a pesar de su ausencia y de la inmensa distancia que nos separaba, a fin de cuentas, habíamos tomado conciencia de nuestra mortalidad juntos. Quizá al ver que yo no respondía, Maria continuó: Era muy amable, sí, amable de verdad, la mayoría de los clientes del hotel tratan al personal como si fuesen basura o algo peor, como si no fuesen nada… como si no existieras, como si fueses invisible. Llegó solo, añadió a la defensiva, aunque yo no había dicho nada, llegó solo y cuando le pregunté cuántas personas serían, insistió en que no había nadie más, estaba solo él.

Claro, seguro que lo hizo. Pero, por otra parte, ¿cómo podía estar segura de que no era una cuestión de interpretación? Tal vez él quisiera charlar un poco y nada más, o quizá incluso lo hubiera dicho por motivos prácticos (si estaba solo, únicamente necesitaría una llave, un cubierto en el desayuno, por ejemplo). Pero me pareció cruel hacer ese comentario y me imaginaba la escena a la perfección, Christopher siempre había sabido cómo hacer una entrada triunfal, eran las despedidas las que tenía que pulir un poco. Me pregunté cuánto habría tardado en convencer a la mujer para que subiera a su habitación, ¿habría sido cuestión de días en lugar de semanas, horas incluso más que días? ¿Qué práctica tenía ahora en esos asuntos? En mi caso, recordé, había sido una semana exacta.

El camarero nos sirvió los primeros, el mío era una ensalada *mesclun* pequeña con un poco de zanahoria rallada por encima de color muy pálido, las verduras sin duda traídas en avión desde algún lugar lejano y después transportadas en camión. No había nada autóctono en mi plato y me deprimí con solo mirarlo, esas verduras en medio de la aridez de un paisaje que solo permitía cultivar aceitunas, higos chumbos, era culpa mía por haber pedido eso.

Mientras tanto, Maria se dispuso a atacar con calma un plato exuberante, una langosta que se describía en la carta de un modo que me pareció innecesariamente complicado, ocupaba al menos varias líneas, algo que casi con total seguridad pretendía justificar el hinchado precio que acompañaba al plato, uno de los más caros de la carta. Se notaba que comía con deleite; a diferencia de mi ensalada, su plato parecía delicioso, la carne rica y reluciente, una pinza de la langosta, medio abierta, se alzaba de la pila de marisco y mantequilla como un puño alzado.

Resultaba difícil no distraerse mirando a esa mujer, que comía su costoso plato con un placer tan deliberado. Tal vez tuviera todo el derecho del mundo a darse ese capricho lujoso, seguramente sería yo quien pagase la cuenta, pero si Christopher la había traicionado de algún modo —y cómo podría no haberlo hecho—, ¿no sería justo a sus ojos que, en calidad de esposa, fuese yo quien pagara la recompensa? Esperé a que continuara hablando y me pregunté si se habría sentado en ese restaurante, quizá a esa misma mesa, con Christopher. Incluso era posible que hubiese pedido el mismo entrante de langosta, él habría apelado a su apetito, a su deseo de satisfacción carnal, animándola a no refrenarse.

En cuanto una mujer comienza a comportarse de un modo que no le es propio, en cuanto se comporta de una forma distinta de la habitual, pueden ocurrir cosas imprevisibles, y en eso consiste la mitad de la tarea de seducción. Quizá ahora, mientras chupaba la carne de la pinza de la langosta, con la barbilla cada vez más reluciente por la mantequilla, estaba reviviendo su propia seducción, para la que mi presencia era un mero elemento secundario. Como si sus emociones se hubiesen suavizado gracias al suculento plato, empezó a hablar de

Christopher, sin ira, con aire casi ensoñador. Me pareció muy guapo, dijo, los hombres de por aquí no son como él. Sus modales también eran totalmente distintos, siempre se reía, muchas veces yo no sabía de qué se reía, pero en su risa no había nada malvado, nunca sentí que se riera de mí.

Todas las mujeres del hotel se sintieron atraídas por él al instante, continuó, desde el momento en que entró por la puerta empezaron a hablar de lo guapo que era, lo sexy que era —aquello me resultó incómodo y aparté la mirada, era como si una amiga se hubiese referido a mi padre como un hombre sexy, la palabra sonó inmadura en su boca, tan infantil que casi parecía en las antípodas del acto sexual en sí—, todo el mundo se había dado cuenta de que había llegado solo, muy pocos hombres vienen solos al hotel, y menos aún si son tan jóvenes y guapos como él.

Bajó con aire recatado los ojos a su plato, donde contemplaron los despojos de la langosta. Había dado buena cuenta de ella. Nunca esperé que fuera a fijarse en mí, continuó, de entre todas las mujeres que trabajan aquí. Nunca me había percatado de que hubiera tantas empleadas en el hotel, por cómo lo dijo se diría que había auténticas hordas y que ella había logrado vencerlas a todas blandiendo un palo, pero en cualquier caso capté lo que quería decir, comprendí que Christopher era un trofeo. Sin embargo, prosiguió, se interesó por mí, no hacía más que dejarse caer por donde yo estaba, siempre que me tocaba trabajar se acercaba para hablar conmigo, se notaba que era un hombre ocupado pero siempre parecía tener tiempo para mí.

A Christopher siempre se le ha dado bien sacar tiempo para las cosas que le interesan.

Intenté sonar neutral, quería mantener mi amargura al margen de la conversación, pero ella no pareció percatarse de que yo hubiera dicho algo, continuó hablando sin apenas detenerse. Y era tan interesante, puedo decir con la mano en el corazón —esta vez sí se detuvo, para levantar la mano y colocársela sobre el pecho, que le temblaba de emoción, un gesto que pensé que Christopher habría encontrado tierno, incluso encantador, a pesar de su aparente torpeza— que nunca había conocido a un hombre tan inteligente en mi vida. No me sorprendía, la verdad, el listón no parecía especialmente alto, Stefano, pese a todas sus virtudes, no era desde luego un portento intelectual.

Pero eso era cruel. Cuando el camarero nos retiró los platos —el mío todavía con una buena porción de la ensalada, el de Maria limpio y reluciente—, continuó. Sabía de muchos temas, pero hablaba de ellos de una manera que no te hacía sentir mal ni inferior, no era un tipo arrogante, a pesar de ser alguien tan privilegiado. Entonces dejó de hablar un momento para mirarme, como si quisiera decir que yo, en cambio, sí estaba anquilosada por mis privilegios. Asentí con amargura y pedí otra copa de vino para cada una, me había dicho que sí con la cabeza, con un gesto rápido y casi desdeñoso, cuando le había preguntado si le apetecía otra. Al cabo de un momento, añadió: Christopher es un caballero, me di cuenta enseguida.

De acuerdo, dije. Sí, supongo que tienes razón.

Casi me entró la risa, era completamente absurdo, Christopher era tan poco real para ella como un príncipe de cuento de hadas, un héroe de novela, y eso a pesar de haberla tratado tan mal. Aun así, mientras la oía hablar, pensé que debía de seguir albergando la esperanza de recuperarlo; escuché y esperé a que llegara al meollo de la cuestión, a la razón por la que me había pedido sentarse a mi mesa. Sin embargo, parecía incapaz de hacerlo, y mientras continuaba hablando de las virtudes de Christopher, de sus seductores modales, su amabilidad, sin entrar en detalles sobre lo que había ocurrido realmente entre ellos, volví a pensar que tal vez no había pasado nada, que Maria simplemente se había enamorado de él, que sus pequeñas y poco concretas atenciones le habían bastado.

Era más joven de lo que había pensado en un principio, quizá tuviera solo diecinueve o veinte años, una niña prácticamente, con la audacia propia de los niños. El camarero nos sirvió el segundo plato, ella había pedido un filete, el segundo más caro de la carta, supongo que, dado que la había invitado a cenar conmigo, pensó en sacar el mayor provecho a la situación.

¿Cuántos años tienes?, le pregunté de pronto.

Veinte. Mi cumpleaños fue en agosto.

Lo dijo con cierto orgullo, quizá porque veinte era un hito, ya no eras una adolescente cuando llegabas a esa edad. O quizá el orgullo naciera del hecho de ser mucho más joven que yo, debía de ser consciente de lo que eso suponía.

Y Christopher le doblaba la edad con creces. Aunque, claro, a los veinte años las chicas no se preocupan mucho de la edad, una mujer de treinta se lo pensaría dos veces antes de embarcarse en una aventura amorosa con un hombre más de dos décadas mayor, porque si la cosa evolucionaba hacia algo más serio —y las probabilidades de que una mujer quisiera que la relación fuera seria crecían exponencialmente con la edad–, entonces el lapso de dos décadas podía ser crítico, nadie quería casarse con un hombre que no tardaría en estar a las puertas de la muerte.

Pero la muerte aún es un concepto abstracto cuando tienes veinte años. La diferencia de edad no debía de significar nada para Maria, puede que eso explicase por qué los hombres se sentían atraídos por mujeres que eran mucho más jóvenes que ellos. Estas les hacían sentirse rejuvenecidos no debido a sus cuerpos jóvenes, sino porque eran incapaces de percibir el significado de la carne envejecida de sus amantes. El cuerpo de un hombre de cuarenta y tantos, e incluso de cincuenta años, no siempre es tan exageradamente distinto del de un joven de veinticinco –tenemos que dar las gracias a las maravillas de la dieta y de los entrenadores personales–, pero las diferencias siguen estando ahí, lo que ocurre es que una mujer debe tener ya cierta edad para comprender lo que estas de verdad implican.

Y Maria era demasiado joven para comprenderlo, pensé. Masticó bien el filete y luego, casi a regañadientes, empezó a hacerme preguntas sobre Christopher. Caí en la cuenta de que se había sentado conmigo para eso: para preguntarme por mi marido, para conocer mejor al hombre que había cautivado su esperanza y sus afectos. Pero también vi que le resultaba difícil, al hacerlo estaba cediéndome terreno por el hecho de ser su esposa, cualquier cosa que yo dijera, incluso el hecho de poder decir algo, tenía el potencial de devaluar su experiencia con ese hombre, algo que, a todas luces, ella quería salvaguardar.

Pero, al mismo tiempo, necesitaba hablar de él: por ejemplo, se moría de ganas de decir su nombre, vi que le provocaba escalofríos el mero hecho de pronunciar esas tres sílabas, Chris-to-pher, algo que hacía una y otra vez, señal de que estaba locamente enamorada, cuando estás enamorado incluso decir el nombre del ser amado ya es excitante. A mí también me había ocurrido en otra época, cuando mencionaba a Christopher hasta la saciedad en las conversaciones, me explayaba reproduciendo sus puntos de vista, sus pequeñas acciones y opiniones (que en ese momento me parecían de un individualismo asombroso, qué tonta era), eso debía de resultar muy tedioso para las personas que me rodeaban.

Y ahora ocurría algo similar con Maria. Era únicamente su deseo de obtener más —de él, supongo— lo que la había llevado a buscarme, quería saberlo todo sobre Christopher, ningún detalle le parecería superfluo, a pesar de que la fuente de la que iba a conseguir esa información fuera inherentemente problemática. Estaba dispuesta a pagar el precio que hiciera falta por esa información. Pero, al mismo tiempo, su deseo era frágil, demasiado concreto, no quería saber nada que pudiera romper la fantasía que se había creado en su cabeza. Empezó a hacer preguntas, muy básicas, dónde se había criado Christopher, si tenía hermanos, si le gustaban los animales, los perros, por ejemplo, ¿le gustaban los perros?, siempre llevaba libros encima, ¿de verdad le gustaba tanto leer?

Sus preguntas eludían con mucho cuidado nuestra vida juntos: por ejemplo, no me preguntó cómo nos habíamos conocido, dónde vivíamos, o si teníamos hijos, esa era una zona muerta por lo que a ella respectaba… Todo el interrogatorio estaba planteado para permitirle desarrollar la imagen que ya se había formado de Christopher. Hacia quien no parecía sentir rabia alguna, a pesar de que la hubiera disgustado tanto, dejándola hecha un mar de lágrimas. Cada vez estaba más convencida de que no había ocurrido nada concreto entre ellos, me parecía una adolescente enamorada más que una amante despechada, no estaba tan lejos de la adolescencia.

Pero, por supuesto, se puede ser ambas cosas. Terminamos nuestros platos: aunque ella era la que más hablaba, incluso pisándome las respuestas a las preguntas que parecía tan ansiosa por hacerme, se había comido el filete con una rapidez asombrosa, yo tardé mucho más en acabarme el plato de pasta. Mis respuestas no fueron especialmente reveladoras, me contenía para no decir nada que pudiera herirla, después de todo no era más que una niña. Y aunque lo que quería era información sobre Christopher, cuanto más accedía a responderle, más patente se hacía la realidad de nuestro matrimonio, más dolorosas eran las pruebas de su historia.

En un momento dado, detuvo su batería de preguntas para decir, mientras señalaba mi plato con la cabeza: Aquí no hacen bien la pasta, debería haber pedido algo más sencillo, intentan cocinar al estilo italiano pero no es su fuerte, no lo hacen bien. Asentí, había hablado con cierto tono reprobador, parecía que hacerlo le proporcionaba cierto placer por pequeño que fuera, así que pensé que no merecía la pena contestar que, en mi opinión, una ensalada y un plato de pasta eran de por sí bastante sencillos, porque desde luego ella tenía razón y había conseguido comer mucho mejor que yo, aunque, no pude evitar darme cuenta, a un precio muy superior.

Me puse de pie sin preguntarle si le apetecía postre o café. Era una chiquillada pero me había ofendido, supongo que tuvo que ver con la forma tan prepotente con la que había criticado mi elección del menú: un consejo que había llegado demasiado tarde, sus palabras habrían sido mucho más útiles al principio, por ejemplo cuando estábamos decidiendo qué pedir. Por supuesto, incluso en ese momento supe que mi irritación no se debía a su comentario, ni siquiera a la cena que iba a pagar yo. Todo esto no era más que un código para otra infracción, tanto si lo había hecho a conciencia como si no había alardeado de lo que era, cuando menos, un flirteo entre mi marido y ella, y lo había hecho como si yo no tuviera derecho a sentirme en absoluto desconcertada.

Quizá desde su punto de vista yo no tenía derecho, si no era capaz de mantener a raya a mi marido era culpa mía, o alguna lógica semejante. O, lo que era más probable, ni siquiera se le había ocurrido que pudiese sentirme incómoda, no me había parecido que fuese la más empática de las mujeres y todavía era joven, carecía de cierta clase de imaginación. Con el tiempo, la vida ya se encargaría de que la desarrollara. Se quedó sentada mirándome un instante, como si le sorprendiera que no hubiese sugerido tomar postre o café. Sin embargo, me mantuve en mis trece, no tenía ganas de seguir alimentando a esa mujer, y tras un breve impasse, Maria cedió y se puso de pie.

Mientras me acompañaba a través del vestíbulo, le pregunté, y ahora no sé de dónde saqué el valor para plantear una pregunta tan directa y básicamente tan grosera: Entonces ¿te acostaste con él o no?

Supongo que lo pregunté porque estaba segura de que me diría que no, no tanto por un instinto de negación, ya que pese a su falta de delicadeza me parecía una mujer sincera, sincera en exceso, sino porque a esas alturas me había convencido de que, en el fondo, no había ocurrido nada sustancial entre ellos. Una vez que negara los cargos, me limitaría a pedirle disculpas por la pregunta, al fin y al cabo yo era una extranjera, capaz de decir toda clase de groserías sin sentido.

Pero no lo negó. En lugar de eso se sonrojó, toda su cara cambió de color. Al principio pensé que era por pudor, la pregunta era abrupta y de todo menos sutil, quizá la hubiera ofendido, era una prueba más de mi personalidad errática, tal vez Christopher se hubiera quejado de eso, no era de extrañar que huyese de esa esposa histérica e irracional… Aunque ¿por qué iba a mencionarme Christopher cuando estuviera con ella? Maria seguía ruborizada cuando habló, pero su voz y sus modales denotaban tranquilidad, su color encendido era la única pista, el único indicativo de que algo iba mal.

Sí. Desde luego, sabía que estaba casado, me dijo, el color se intensificó aún más cuando pronunció esas palabras, que debía de saber que eran condenatorias. Vi el anillo mientras se registraba en el hotel.

Por un momento me quedé tan perpleja que no pude responder. Sentí una oleada de rabia inesperada que no tenía un objetivo claro: no podía culpar a esa chica, ni siquiera a Christopher, tenían pleno derecho para hacer lo que se les antojara. Aun así, me costaba mirar a la joven a la cara, tragué saliva y aparté la mirada.

¿Le viste el anillo? Pues claro que Christopher se había acostado con esa chica, debería haberlo sabido desde el principio. El hecho de que llevara puesta la alianza resultaba más sorprendente, pensé, la idea de que Christopher hubiese recuperado el anillo y hubiese vuelto a llevarlo, justo cuando el matrimonio se desmoronaba irrevocablemente, era casi increíble. Pero Maria interpretó la inflexión de mi voz como un tono acusatorio, volvió a ruborizarse, más incluso, pero continuó hablando con la tranquilidad y la mesura de antes: Le vi el anillo, sí, lo vi.

Las preguntas que deberían haber seguido, las que seguramente esperaba que le hiciera —preguntas relativas a cómo y cuándo, cuántas veces, por no hablar de la rabia o los celos o más probablemente ambos, una reacción coherente a la noticia del adulterio de un esposo—, no llegaron. En lugar de eso, mientras estábamos en el vestíbulo, seguí preguntándole por el anillo, como si lo hiciera para no preguntarle por el sexo que había mantenido con Christopher, mi marido, ¿qué clase de anillo llevaba, se había fijado?

Se encogió de hombros, parecía incómoda.

De plata, muy sencillo.

¿Era fino? ¿O grueso? No muy grueso. Tal vez...

Señaló una anchura de medio centímetro más o menos. No era muy concluyente, pero encajaba con la descripción de la alianza de Christopher, o al menos no la contradecía. Quizá hubiese una razón del todo lógica y práctica por la cual Christopher hubiera decidido ponerse el sencillo anillo de platino. Podría haberlo hecho por la misma razón por la que las mujeres solteras a veces lucían un anillo a fin de dar la impresión de no estar disponibles, así podían evitar las atenciones no deseadas y el acoso, el resplandor del metal en el dedo solía bastar para disuadir incluso al admirador más ardiente.

Por supuesto, la falta de disponibilidad tenía una finalidad diferente para un hombre, o por lo menos para un hombre como Christopher. Para él, quizá el anillo sirviera para no dejarse atar en corto, era más difícil plantear exigencias a un hombre casado, por muy lejos que fueran las cosas siempre podía decir: Sabías desde el principio que estaba casado, ya sabías dónde te metías, estaba tan claro como el anillo que llevo en el dedo. Quizá cada vez que salía de picos pardos –y yo sabía que habían sido muchas veces, en el transcurso de nuestro breve matrimonio– sacaba el anillo para sentirse más libre. Del cajón de su escritorio, o del estuche de piel en el que guardaba los relojes y los clips para sujetar billetes, en ese momento caí en la cuenta de que ni siquiera sabía dónde guardaba el anillo de bodas.

Mi respiración había recuperado el ritmo natural. Pero aquello no era ninguna nadería. No había sabido hasta entonces que nunca sería una nadería: ¿qué persona contempla los detalles de su traición sin sentir una combinación de pesar y humillación, por mucho tiempo que haya pasado? De forma brusca, le di las buenas noches a Maria. Le dije que probablemente aquello fuera una despedida, aunque tal vez la viera por la mañana. Era consciente de estar distraída, mi comportamiento no era apropiado a la situación. Se encogió de hombros, no me dijo si tenía que trabajar o no a la mañana siguiente. Me fijé en que tampoco me dio las gracias por la cena, no esperaba que lo hiciera, pero me importó lo suficiente para percatarme. Todo el encuentro había sido desagradable, desconcertante, no era una experiencia que confiara ni esperara repetir, un *tête-à-tête* con una amante de Christopher. Se quedó plantada con las manos en los bolsillos del uniforme y me observó mientras me alejaba, escaleras arriba, hacia mi habitación.

7

Encontraron el cuerpo de Christopher en una cuneta a las afueras de una aldea del interior, a unos quince kilómetros de la iglesia de piedra que yo había visitado el día anterior. El lugar estaba a unos cinco minutos a pie de la casa más cercana y la carretera no se veía muy transitada. La sensación de abandono se agravaba por el hecho de que la zona había quedado especialmente dañada por los incendios, toda la vegetación se había calcinado a ras de suelo. Encontraron el cuerpo tirado sobre la tierra, que tenía el color y la textura del hollín. Cuando lo levantaron, un fino polvillo cubría su superficie.

El cuerpo había permanecido allí por lo menos una noche, quizá más tiempo. Aunque le habían robado las tarjetas y el dinero de la cartera, a la policía no le costó identificarlo. Más tarde, nos enteraríamos de que habían extraído muchos cientos de dólares de sus cuentas bancarias, y que habían hecho cargos misteriosos a sus tarjetas de crédito, cargos que luego serían devueltos por los servicios de protección contra el fraude, aunque ya no tenía mucho sentido, al hombre en cuyas cuentas las compañías habían ingresado el dinero compensatorio no podía importarle menos, nunca volvería a abrir otra cuenta bancaria ni contrataría más tarjetas.

Lo habían atracado y matado, una muerte estúpida y anónima que podría haber ocurrido en cualquier parte —en Manhattan, en Londres o en Roma, no había nada específico en la naturaleza de su asesinato, las motivaciones eran las habituales, de lo más banales, nada que resultara destacable—, y había algo ignominioso no solo en el hecho de que su cuerpo yaciera abandonado en una cuneta, sino en la noción de que hubiese viajado tan lejos, hasta ese paisaje y esa cultura foráneos, solo para enfrentarse a una muerte que podría haberle ocurrido a una manzana de su apartamento en Londres.

En las primeras horas de aturdimiento después de que me informaran de su muerte —cuando la policía llegó al hotel, yo estaba en mi habitación haciendo las maletas, Kostas ya había llamado al chófer que me había llevado de Atenas a Mani e iba a llegar dentro de poco, por supuesto no había ningún viaje a Atenas ese día, el conductor probablemente habría tenido que desplazarse bastante distancia para poder recogerme en el hotel, un inconveniente que resultaría caro, pero nadie mencionó el tema, esa es justo la clase de cosas con que la gente no te molesta cuando acabas de sufrir una muerte en la familia—, mi mente siguió obsesionada por ese pequeño detalle, lo inapropiado de su muerte, su naturaleza insignificante e incluso azarosa.

Una amiga solía decir, cuando hablaba de sus exnovios (y más tarde, de sus tres exmaridos, era una eterna optimista): Para mí está muerto, una frase que no me gustaba especialmente, me sonaba demasiado violenta para lo que es una situación bastante frecuente, la ruptura de una relación. Mi amiga no parecía capaz de concebir unos pensamientos tan radicales y violentos, y mucho menos de sentirlos, pero siempre me aseguraba que detrás de esas palabras había un sentimiento real. Por supuesto, no era más que una forma de hablar, pero yo era demasiado supersticiosa para decir semejante cosa, «Para mí está muerto», me sonaba a mal karma, y eso que no creo en el karma.

Y sin embargo, a pesar de mis reservas, yo era ahora la que estaba viviendo en mis propias carnes esa macabra expresión, que ni siquiera era mía, «Para mí está muerto». La situación era de esas que a veces te imaginas –en momentos de amor o de odio extremo, al verte atenazado por el miedo o el desprecio más absoluto–, pero que no crees que sean realmente posibles. Incluso cuando estás ante el altar y declaras «Hasta que la muerte nos separe», la muerte continúa siendo algo abstracto, algo que culmina una larga y feliz vida juntos, dos ancianos cogidos de la mano, nietos y una casita junto al mar. Pero en este caso no había hijos ni nietos, ni segunda residencia en el campo, apenas podía decirse que hubiera un matrimonio, era como mucho algo entre esas dos expresiones, «Para mí está muerto» y «Hasta que la muerte nos separe».

En cuanto colgué el teléfono, salí de la habitación y bajé al vestíbulo, Kostas solo me había dicho que Christopher había sufrido un terrible accidente, en ese momento yo todavía desconocía la magnitud de lo ocurrido. Tanto Kostas como los dos agentes de policía que estaban junto a él bajaron la cabeza cuando me acerqué a ellos. Existe una especie de respeto tácito hacia una mujer a la que están a punto de informarle de la muerte inesperada de su marido, y entonces supe que Christopher estaba muerto. Kostas me presentó a los agentes de la comisaría municipal, por desgracia tenían malas noticias que darme.

Kostas siguió traduciendo lo que decían los agentes, que hablaban sin mirarme a la cara, aparte de alguna mirada de soslayo de vez en cuando, tal vez intentaban calibrar mi reacción, es posible que estuvieran buscando sospechosos y el primer sospechoso siempre es el marido o la mujer, todo el mundo lo sabe. Pero mientras Kostas continuaba traduciendo, y yo escuchaba, aturdida, las palabras de los policías, que no podía asimilar, decidí que no era sospecha sino mera incomodidad lo que tenía su reacción, a nadie le gusta ser el portador de malas noticias, y no tenían modo de adivinar cómo respondería yo, no sabían si tendrían que lidiar con la rabia, la histeria o una incredulidad total, no, no los culpaba.

Supuse que con anterioridad habían informado a Kostas de algunos de los detalles. Aun así, conforme le iban comunicando cada parte de la información, Kostas ahogaba un leve jadeo antes de volverse hacia mí con una expresión más contenida y contarme, por ejemplo, que habían encontrado el cuerpo de mi esposo junto a la carretera, que le habían dado un golpe en la nuca, seguramente con una piedra u otro objeto contundente, que parecía tratarse de un atraco. Tal vez Kostas pensase que la sorpresa era lo más apropiado, un tono difícil de conseguir, algo a caballo entre la aflicción compasiva y la inexpresividad burocrática, él solo transmitía el mensaje.

Supongo que me quedé en estado de shock. No dejaba de asentir con la cabeza, mientras me iban desvelando pieza por pieza los pormenores de la fatal desgracia, pregunté cuánto tiempo llevaba muerto y me dijeron que no lo sabían con certeza, que lo averiguarían con la autopsia, pero no mucho tiempo, el cuerpo todavía estaba —Kostas se detuvo, puso cara de consternación, como si le costara relatar lo que venía a continuación— relativamente fresco e intacto, aparte de la herida en la nuca, no se había descompuesto apenas. Entonces ¿había muerto el día anterior, mientras yo estaba allí, en el hotel? Los agentes negaron con la cabeza, una vez más, no podían asegurarlo hasta haber recibido el informe del forense pero era evidente que no podía llevar mucho tiempo allí, la zona estaba llena de animales salvajes, el cuerpo no hubiese estado tan inmaculado, casi parecía, añadieron, que estuviese dormido.

Aparte de la herida en la nuca, claro. Un gran charco de sangre, del tipo que nunca se vería bajo la cabeza de un hombre que simplemente durmiese, no tenía mucho sentido describirlo así. Y al mismo tiempo, podría haber sido tal como decían: tal vez cuando encontraron el cuerpo estaba tumbado bocarriba, tapando la sangre, los ojos cerrados, ¿podrían habérsele cerrado los ojos una vez muerto?, ¿era posible que cuando lo encontraron sus ojos no estuvieran muy abiertos por el terror, por el inesperado hecho de la muerte, sino que por el contrario estuviesen cerrados, su rostro en paz? Como si fuese un hombre que hubiese decidido tumbarse junto a la carretera, un hombre que se hubiera quedado dormido sobre el asfalto.

¿Puede acompañarlos ahora?

Miré a Kostas con semblante inexpresivo, había perdido el hilo de lo que me estaba diciendo. ¿Adónde?, pregunté como una boba. Me contestó: A la comisaría, para identificar el cadáver, necesitan a alguien que identifique el cuerpo. Claro, dije, solo tengo que ir a buscar mis cosas, me gustaría hacer una llamada antes de irme. Era preciso que se lo comunicara a Isabella sin más dilación: el momento en que habían pronunciado las palabras que confirmaban la muerte de Christopher ya era demasiado tarde, para entonces ella ya debería haberlo sabido. Isabella era la persona que debería haber estado allí, Isabella era la que tendría que haber reconocido a su hijo, yo solo era... una exesposa, comprendí demasiado tarde, o casi.

Uno de los agentes carraspeó con impaciencia, como si quisiera indicar que ya habían esperado bastante, que su comprensión y su discreción tenían un límite. Repetí que solo tenía que subir un momento a la habitación para recoger unas cuantas cosas, hacer una llamada rápida y entonces podría ir con ellos. Asintieron con la cabeza. Me disponía a telefonear a Isabella desde la habitación, pero en cuanto me vi junto a la cama me entraron dudas, los hombres estaban esperando abajo, si la llamaba no iba a ser cuestión de un par de minutos. No sabía qué decirle, no podía imaginarme las palabras: Isabella, tengo muy malas noticias, Isabella, ha ocurrido algo terrible.

Habría sido más fácil si me hubiera echado a llorar, pensé, si me hubiese puesto histérica. Entonces Isabella me habría dicho que me tranquilizase, que recuperase la compostura, se habría puesto en la falsa posición de ser quien mantenía el control, cuando no era así, cuando ninguna de nosotras controlábamos ya nada. Esperé un instante más y decidí no llamarla, me dije que le dejaría unas cuantas horas más, durante las cuales su mundo continuaría siendo coherente, racional, lo que era a la vez un acto de caridad y un acto de crueldad, ella habría querido saberlo de inmediato, todos lo querríamos así.

Cuando regresé al vestíbulo, uno de los hombres ya se había marchado y Kostas estaba junto al agente que quedaba. Mientras salíamos Kostas me comunicó que la policía llamaría a un taxi más tarde para que me llevara de vuelta al hotel. O tal vez me trajese uno de los agentes, pero en cualquier caso no debía dudar en ponerme en contacto con él si necesitaba algo. Me entregó una tarjeta con su número de móvil escrito a mano. Entonces añadió que suponía que ya no iba a marcharme ese día y se ofreció a llamar a la compañía aérea para cancelar el billete, me aseguró que no habría problemas, una muerte en la familia...

Le di las gracias y me apresuré a seguir al agente, que ya estaba saliendo. Una vez fuera del hotel vi que el coche patrulla nos esperaba, el otro agente estaba al volante y el motor encendido. Nos montamos. El primer agente insistió en que me sentara en el asiento del copiloto y él se subió en la parte posterior, solo, como si tuviese menos rango. Tal vez le preocupara que, si me sentaba detrás mientras los dos policías iban delante, diera la impresión de que me habían arrestado y me llevaban a la comisaría para un interrogatorio, incluso en esa situación, mientras circulábamos por el interior de la región, la gente se paraba a mirar, escudriñando por las ventanillas como si fuese una delincuente.

Sin embargo, mientras iba sentada en la parte delantera del coche, con el agente a mi lado conduciendo en silencio, con el agente de detrás mirando el reposacabezas que tenía enfrente o echando un vistazo de vez en cuando por la ventanilla, no era culpabilidad lo que sentía. Tampoco sentía aún la pena del duelo. Lo único que sentía era una especie de incredulidad, nos había acontecido esto, algo que nunca me habría imaginado, algo que era a la vez totalmente posible (había ocurrido, de modo que debía de serlo) y que no obstante seguía experimentando como algo imposible, la cosa imposible que sin saber cómo había llegado a ocurrir, «un tartamudeo en el habla divina».

Al mismo tiempo, una parte de mi mente se preocupaba por los aspectos prácticos; estaba segura de que se avecinaban muchos, y sabía que no era la ejecutora adecuada. Tendría que contarle a alguien –aunque no a esos agentes, a ojos de la ley yo seguía siendo su esposa y había algo vergonzoso en airear el confuso estado de nuestro matrimonio ante esos desconocidos, en ese preciso momento– que mi papel era una farsa, no es que fuera una impostora, pero, a pesar de todo, actuaba fingiendo lo que no era. En breve, tendría que contárselo a Isabella. Tendría que hablarle de la separación, de cómo estaba realmente la situación entre su hijo y yo. Y entonces todo recaería sobre ella, los preparativos del funeral, el traslado del cuerpo, todos los arreglos necesarios.

El coche patrulla entró en el recinto de la comisaría, un edificio de cemento de una sola planta, había perros fuera pero estaban atados, animales intimidantes, era fácil imaginárselos tirando de sus correas y abalanzándose y enseñando los dientes. Cuando el coche aminoró, vi que los policías se giraban para mirarme. Aparté la vista, me vi a mí misma desde fuera, interpretando el papel de la viuda doliente: una sensación que, de haber sido una auténtica viuda doliente, nunca habría experimentado, había una cuña pequeña pero tangible que empujaba para abrir el espacio entre la persona que yo era y la persona que pretendía ser.

Uno de los agentes se apresuró a abrirme la puerta. Salí del coche, el cielo volvía a estar encapotado y me pregunté si llovería. Los agentes me indicaron que los siguiera hasta la comisaría, un edificio tan pequeño que me pregunté dónde tendrían el cuerpo, si habría espacio suficiente para albergar una morgue. Seguí a los agentes al interior, su cortesía era tan extrema que se comportaban como si yo fuese un barco de enormes dimensiones que tuvieran que conducir a un puerto muy estrecho, agitaban las manos como controladores de tráfico aéreo. Mostraban una expresión general de ansiedad y sin duda se sentirían aliviados cuando el asunto ya no fuese responsabilidad suya, cuando por fin dejase de estar en sus manos.

La comisaría estaba casi vacía, había un par de carteles en la pared: no pude descifrar lo que decían, estaban escritos en griego y las imágenes no aclaraban mucho. Las luces del techo parpadeaban de manera irregular. Pasamos apresuradamente por la sala de espera, había dos hileras de sillas de plástico con asientos que se habían deformado con el tiempo, todos ellos vacíos, aunque no podía ser que no se produjera ningún incidente en la zona, solo con los incendios debían de haberse generado numerosos casos (personas desaparecidas, cuerpos sin identificar, partes afectadas). Me llevaron a un pequeño despacho, un hombre se levantó para saludarme, aunque no hizo gran cosa a modo de presentación, se limitó a ponerse de pie e indicarme que tomara asiento.

Me senté. También él volvió a su silla y empezó a hojear distintos expedientes, como si estuviera al mismo tiempo muy ocupado y también un poco aburrido por la situación, en cierto modo era comprensible. Debía de tener muchas responsabilidades importantes, y aunque los asuntos que llevaban a los ciudadanos a su despacho eran por fuerza muy preocupantes para los afectados, para él se trataba solo de otra jornada laboral, no podía esperarse de él que viviera toda la vida al borde de una crisis continua, día tras día, su trabajo consistía en mantener la calma, mostrarse racional, no podía dejarse llevar por las emociones.

De hecho, el ambiente que reinaba en la comisaría era de una esterilidad abrumadora, nada que pudiera esperarse tras ver esos programas sobre procedimientos policiales en la televisión, que están poblados de personajes coloridos y dramas humanos extremos, allí no había ni rastro de eso. Por fin, el policía levantó la mirada hacia mí y me pidió que le enseñara el pasaporte, que por suerte me había acordado de coger, pues ninguno de los otros dos agentes me había pedido que llevase identificación de ninguna clase. Mientras le tendía el pasaporte al policía, dije: No me cambié de apellido cuando nos casamos, mantuve el mío.

El hombre asintió, tal vez esa información no fuese relevante. Se levantó y dijo, con el pasaporte en una mano, que regresaría al cabo de un momento. Me quedé sentada en la silla, metí las manos en los bolsillos de la chaqueta, me acordé una vez más de que todavía no había llamado a Isabella, de que Isabella no sabía aún que Christopher había muerto. La realidad de su muerte me rodeaba por todas partes, allí en ese despacho, y sin embargo Isabella no sabía nada al respecto, por muy material que fuese esa nueva realidad todavía no era consistente, todavía no estaba generalizada. Hacía poco más de una hora que la policía había ido a buscarme. El agente regresó con mi pasaporte y un portátil, que abrió y colocó ante mí.

Tenga su pasaporte, me dijo. Le di las gracias, empujó el portátil unos centímetros para apartarlo un poco y se sentó en el borde de la mesa, dijo que iba a enseñarme algunas fotografías en el ordenador —señaló con la mano en dirección al portátil—, a partir de las cuales podría identificar el cuerpo. Entendí que eso significaba que vería unas fotografías del cuerpo antes de proceder a identificar el cuerpo en sí; como si las imágenes fuesen una especie de preparación, igual que cuando una enfermera te frota el brazo con un algodón empapado en alcohol antes de ponerte una inyección, un ritual que solo sirve para exacerbar el miedo.

Eso me pareció mucho peor y le dije que preferiría efectuar el reconocimiento directamente, le agradecería que me mostrara el cuerpo y ya está. Negó con la cabeza, quizá pensara que no estaba comprendiendo bien el inglés. Le pedí disculpas por no ser capaz de hablar en su idioma y volvió a sacudir la cabeza. Señaló el portátil por segunda vez. Solo las fotos, dijo, y luego repitió: Solo las fotos. Por un momento me pregunté si habían perdido o destruido el cuerpo, o si se había visto dañado de algún modo y solo quedaban las fotografías: una intensificación de la pesadilla, concebida en un instante. Entonces caí en la cuenta de que se refería a que solo emplearíamos las fotografías para identificar el cuerpo, «solo las fotos», el cuerpo debía de estar guardado en otro sitio.

Me preguntó si estaba lista para empezar y asentí. La situación no era la que me había esperado, qué curioso resultaba que alguien pudiera tener expectativas para una situación que nunca se había imaginado, pero aun con todo así era. Yo me había preparado para ver el cuerpo y ahora solo iba a ver fotografías del cuerpo, algo que parecía insuficiente, demasiado leve para la gravedad de la situación, Christopher había muerto solo y estaría solo en la muerte, sin testigos salvo el flash de la cámara.

La situación era tan sobrecogedora que me entraron ganas de llorar. El agente tocó el teclado para despertar del letargo a la máquina, casi no tenía iconos en el escritorio, que todavía mantenía la imagen del salvapantallas que venía de fábrica. Frunció el ceño mientras clicaba sobre una carpeta —no conseguí leer el nombre de la carpeta, estaba en griego, tal vez se llamara «autopsias» o «ID» o sencillamente «fotos», no tenía la menor idea— y entonces empezó a buscar entre una cantidad sorprendente de archivos, por lo menos había cincuenta o sesenta. La tarea le llevó un buen rato, se puso a tararear sin melodía, con el dedo sobre la almohadilla del ratón.

Tal vez hubiese habido muchas muertes en las últimas semanas, no era imposible, seguro que habían fallecido varias personas en los incendios, me asustaba pensar qué aspecto tendrían esas fotos. El agente emitió un leve sonido de satisfacción —por fin había encontrado lo que buscaba— y entonces, sin más preámbulos (al fin y al cabo, ya me había advertido), seleccionó el archivo y la pantalla se llenó con la imagen del rostro sin vida de Christopher, su cabeza descansando sobre una superficie de metal, presumiblemente la mesa de autopsias del forense. Miré fijamente la imagen, el agente me observaba, luego apartó la mirada con discreción, como si quisiera dejarme cierta privacidad. Al cabo de un momento carraspeó y levanté la vista, sobresaltada.

¿Y bien?

Volví a mirar la fotografía. No dije nada: sí, por supuesto que era Christopher, pero no reconocía al hombre de la imagen, es decir, era y a la vez no era Christopher. Nunca lo había visto en semejante estado, tenía un ojo medio abierto y el otro cerrado (al final resultó que sus ojos no estaban ni abiertos ni cerrados en la hora de la muerte sino las dos cosas, y ese detalle me pareció terrible, que nadie se hubiese molestado en cerrarle el otro ojo) y la boca le colgaba abierta como si estuviese en estado de shock, el shock de su propia muerte, que había sido inusualmente violenta: Christopher no estaba más acostumbrado a la violencia que el resto de nosotros, puede que incluso menos.

Era un rostro con el que uno no suele toparse en la vida: el rostro crudo de la muerte, tan distinto de la cara de los muertos cuando los presentan en las funerarias o en las máscaras mortuorias, una cara que ha sido tratada, a la que se le ha devuelto la dignidad, y de la que se ha borrado todo rastro de emoción. «Parecía que estuviese dormido», un tópico que acostumbra a decirse, un intento de negar el carácter definitivo de la muerte, el sueño es una especie de estado intermedio entre el ser y la nada, presencia y ausencia. Pero «Parecía que estuviese dormido» era algo más que eso: era también, ahora lo entendía, un intento de fingir que el trayecto hacia la muerte, el proceso de morir, había sido en cierto modo pacífico, cuando casi con toda seguridad no había sido así.

La cara de Christopher no era la de un hombre dormido, un hombre en paz. Era la cara de un hombre que había tenido miedo. Todas las caras se tornan estúpidas ante el miedo, esa emoción se impone a la inteligencia, el encanto, el humor, la amabilidad, las cualidades por las que conocemos a las personas y por las que nos enamoramos. Pero ¿quién no tiene miedo al verse ante la muerte? Por ese motivo fue por el que me sentí incapaz de decir de una vez por todas y de forma concluyente: Este es Christopher, lo era y no lo era, la expresión era irreconocible e incluso las facciones en sí parecían no pertenecer al hombre con el que había estado casada cinco años, el hombre con el que continuaba casada.

El policía se inclinó hacia delante, clicó otra vez en la carpeta. No había respondido a su pregunta, así que debió de pensar que necesitaba ver más fotografías para identificar a mi marido, como si esa única imagen no bastara, quizá en algunos casos fuese así: tal como acababa de constatar, la muerte transformaba una cara más allá de lo reconocible. Levanté la mano para detenerlo, no necesitaba ver nada más, era evidente que se trataba de Christopher, o mejor dicho, la sensación de que no era él —de que era una especie de *doppelgänger*, una ilusión óptica, otra cosa— no se disiparía por el hecho de contemplar más fotografías.

Lo es, dije. Es Christopher.

Dije «Lo es» en lugar de «Es él», la gente usa esa expresión a veces, del mismo modo que no dije «Él es Christopher», habría sonado poco natural, acartonado. Pero además, aun sin saberlo lo hice por otro motivo, ese «lo» reflejaba mejor la realidad, no había ningún «él», no había nada tangible y humano en lo que había visto, tan solo una colección de píxeles, un archivo en un portátil. No sentía el menor deseo de ver el cuerpo y aun así no podía creer que no fuese a verlo. De pronto pensé que por lo menos debía preguntarlo. Alcé la voz y dije: ¿Dónde está el cuerpo? No podía decir: ¿Dónde está él?, y aunque sonara como una negación era en realidad casi una aceptación, o por lo menos una afirmación del hecho de que una vez que ha ocurrido la muerte, la persona abandona este mundo y no queda más que el cuerpo, un «lo» y no un «él», una mera semblanza de la persona viva.

El agente —que levantó las manos del ordenador en cuanto pronuncié la pregunta, como si él tampoco tuviera deseos de mirar más imágenes y se sintiera aliviado, puede que fuese su trabajo pero eso no tenía por qué significar que disfrutara del proceso— se encogió de hombros. El cuerpo está aquí al lado, dijo. La expresión «aquí al lado» me sonó demasiado informal para algo tan serio, el lugar donde se encontraba el cuerpo de mi marido. ¿Aquí al lado?, repetí, ¿el cuerpo está aquí al lado? ¿Christopher está aquí al lado? Volvió a encogerse de hombros y agitó el brazo de forma vaga en dirección al pasillo, como si el cuerpo de Christopher no tuviese una ubicación concreta, como si estuviese allí fuera, desplazándose de un lugar a otro, andando de sala en sala.

¿Quiere ver el cuerpo?, me preguntó. La pregunta me pilló por sorpresa, aunque no debería haber sido así —era lógico hacer ese ofrecimiento a la esposa, a la viuda, sobre todo a una que había preguntado dónde se encontraba el cuerpo, que se había sorprendido tanto al verse confrontada con unas fotografías en lugar de con la cosa en sí—, y vacilé, no era que fuese muy aprensiva, aunque también había algo de eso, ver las fotografías ya había sido suficiente. Era más porque me preguntaba si tenía derecho, si había una mujer —siempre hay una mujer al lado del cuerpo, María Magdalena, Antígona, la señora Capuleto, una mujer con múltiples aspectos— que debería haber estado allí en vez de yo, quizá Isabella, quizá otra persona.

Christopher se había ido. Lo que ocurriera a partir de ahora era un asunto privado —«igual que hay estancias de nuestra propia mente a las que no entramos sin pedir permiso, deberíamos respetar las puertas cerradas de los demás»—, ¿y qué había más privado que la propia muerte, en especial cuando era violenta o antinatural? ¿Acaso no era por eso por lo que las fotografías de los cuerpos tomadas en las escenas del crimen o en los accidentes de circulación nos resultaban tan de mal gusto? ¿No era por eso por lo que nos despreciábamos cuando no podíamos evitar volver la cabeza al pasar junto a un accidente de coche, al ver que unos pies (aún calzados) salían por debajo de la manta térmica? No era únicamente por el horror de ver un cuerpo inerte, era por la invasión de la privacidad de un desconocido, por el hecho de ver lo que no debería verse.

¿Cómo podía saber si Christopher habría querido que yo lo viera en ese estado, con los ojos torcidos, la boca desencajada? Era un hombre vanidoso, tenía un gran sentido del decoro, incluso la idea de una muerte así lo habría humillado. ¿Cómo podía saber qué había sido yo para él, en los momentos finales antes de su muerte? Y, sin embargo, era necesario que lo viera alguien. Todavía no había telefoneado a Isabella, no llegaría hasta el día siguiente como muy pronto, y para entonces el cuerpo llevaría muerto cuarenta y ocho horas o más, en algún punto de descomposición parcial, una visión nada agradable para una anciana, por muy fuerte que fuese su fibra moral: no, el cuerpo no podía permanecer tanto tiempo sin que alguien lo viera.

Sí, le dije al agente, que levantó la vista como sorprendido. Me gustaría ver el cuerpo, y asintió mientras se metía la mano en el bolsillo para sacar un manojo de llaves.

8

Entre los efectos personales de Christopher había un ejemplar viejo de la *London Review of Books*, de junio de ese año. No me sorprendió mucho, los números atrasados de esa y otras publicaciones se acumulaban por todas partes en nuestro apartamento, el cuarto de baño estaba inundado de revistas que tenían por lo menos un año. Ese número en concreto de la *London Review of Books* contaba con diversos artículos interesantes, que creo que podían haber entretenido a Christopher, quien sin duda los habría leído: se había molestado en llevarse la revista a Grecia, tal vez incluso la hubiera leído en el avión.

En conjunto, se había llevado consigo una variedad considerable de material de lectura, una maleta llena de libros, diarios, cuadernos, papeles. Debía de tener intención de permanecer en Grecia una buena temporada, quizá su esperanza de terminar el libro durante el viaje fuese genuina. A esas alturas todavía no había entrado en su ordenador, no había abierto los archivos, ni repasado los documentos, aún no había comprobado si había algo con posibilidades de ser publicado; eso fue algo que hice más tarde a petición de su agente y su editor, y también de Isabella: por supuesto, ella se involucraría en todo el asunto. Me había mostrado reticente y había pospuesto la tarea, desde el principio había sospechado que sería una experiencia perturbadora, como espiar dentro de su mente, acceder a los pensamientos privados del muerto.

Cuando por fin me senté delante del ordenador –un objeto familiar, lo había visto a diario mientras vivíamos juntos–, recordé lo abrupta y antinatural que es siempre la muerte, al menos tal como la experimentamos: siempre es una interrupción, siempre quedan cosas sin terminar. Eso quedó patente al abrir el portátil de Christopher, el escritorio estaba plagado de un intrincado mosaico de carpetas y archivos, había por lo menos cien carpetas diferentes con nombres que a veces eran un tanto extraños: «obras de otros», «internet». Cuando ponemos nombre a una carpeta lo hacemos sin pensar, algunas tienen nombres evidentes –«contabilidad», «artículos»–, pero otras son una especie de cajón de sastre, apenas recordamos lo que hemos metido dentro, nunca imaginamos que algún día otra persona pueda husmear en ellas.

Y, sin embargo, ahora yo estaba haciendo precisamente eso. Entre todos esos cajones de sastre, mientras intentaba localizar tiempo después los documentos que Isabella, el agente y el editor habían insistido en que tenían que estar allí –un manuscrito parcial, casi terminado, que yo no sabía que Christopher había prometido entregar en seis meses como mucho, una fecha límite que llegó poco después de su muerte, una confirmación sorprendente de una mentira que yo le había contado a Isabella, cuando le había hablado del trabajo de Christopher y le había dicho que estaba a punto de terminar el libro, una mentira que sin saber cómo se había hecho realidad o, por lo menos había sido ratificada por el propio Christopher–, encontré otras cosas. Cosas que presumiblemente Christopher no hubiese querido que yo viese jamás: por ejemplo, una carpeta con fotos pornográficas que se había bajado de internet.

A simple vista no había nada que me resultara demasiado doloroso descubrir, no tenía afición por ningún tipo especialmente violento de porno fetichista, ni coleccionaba fotos eróticas gays ni había visitado páginas llamadas «Bellezas Negras» ni «Anal Asiático Caliente». Había oído historias de ese tipo, que en el fondo eran historias que plasmaban una única revelación: la constatación de que uno nunca había satisfecho o ni siquiera tenido en cuenta el deseo secreto de su pareja, sus fantasías más vívidas. Que uno no había sido nunca, en cierto sentido, lo que la otra persona buscaba, la mente de su pareja siempre había estado en otra parte, o fingiendo, un descubrimiento que arrojaba sobre el conjunto de los encuentros sexuales mantenidos una luz ridícula y humillante. Implicaba reconocer que el otro siempre había tratado de no verte, no como eras en realidad.

No había nada parecido en su ordenador. No obstante, seguí en tensión, cliqué en unos cuatro o cinco JPG antes de cerrar la carpeta, con el corazón desbocado. Las imágenes no eran demasiado obscenas, teniendo en cuenta que eran pornográficas, claro, ni parecían excesivamente personales: la pornografía demuestra la naturaleza generalizada del deseo, me dio la impresión de que Christopher tenía los mismos deseos que muchos otros hombres, una predilección por los tríos, las mamadas, esa clase de cosas. Varios de los archivos que abrí contenían imágenes de dos mujeres, pero eso tampoco era muy chocante, al contrario, era una predilección que ya conocía de primera mano.

La mayor parte de las imágenes estaban montadas para que parecieran lo que en Inglaterra antaño se llamaba «Esposas de los Lectores» —es decir, fotografías amateur de gente normal—, pero que ahora se había convertido en la estética predominante de la pornografía en internet. La calidad de las fotos era escasa, la iluminación muy dura y poco favorecedora, el escenario tenía el lujo crudo propio de los barrios residenciales, grandes salones decorados con sofás de polipiel y muebles de cristal y acero. Y las chicas, aunque guapas, no eran el prototipo de estrellas porno al uso, llevaban muy poco maquillaje y no había una voluntad visible de realzar su figura. Aun así, se notaba que se sentían cómodas delante de la cámara. Se comportaban como si fuesen profesionales, esa era una de las funciones de la época en la que vivíamos, la gente se hacía fotografías todo el santo día, en cualquier acto y situación, mientras desayunaba, sentada en el tren, de pie delante del espejo. El efecto no era de una nueva naturalidad o verosimilitud en las fotografías que proliferaban —en el móvil, en el ordenador, en internet—, sino más bien el contrario: el artificio de la fotografía se había infiltrado en nuestra vida diaria. Posamos todo el tiempo, incluso cuando no estamos siendo fotografiados.

Dos de las imágenes —ni profesionales ni de aficionados, sino en un punto intermedio— mostraban a una mujer completamente desnuda salvo por unos calcetines deportivos altos. Nunca habría dicho que los calcetines fuesen una de las cosas que más ponía a Christopher, pero la chica era joven y atractiva. En una de las fotografías estaba sentada en el borde de una silla, con las piernas totalmente abiertas, había echado la cabeza hacia atrás y tenía la boca abierta, como si estuviera en estado de éxtasis. En la segunda fotografía, se cogía los pechos con las dos manos mientras se inclinaba hacia delante, también tenía la boca abierta, pero de un modo más pragmático, solo había una cosa que pudiera hacerse con una boca así, y era meterle algo.

Ambas poses se habían repetido miles y puede que millones de veces, internet rebosaba de imágenes de mujeres en esas posiciones exactas, incluso las expresiones faciales serían idénticas... Pero sabía que eso no era impedimento para la estimulación y la excitación, en general a uno no le importa demasiado recurrir a un cliché cuando siente o busca excitarse. Christopher debía de haberse masturbado con esas fotos: ¿para qué otra cosa servía la pornografía? ¿Por qué si no se habría tomado la molestia de descargar las imágenes, si no era para asegurarse de que podría excitarse?

Aunque quizá no fuese para un fin tan obvio o solitario, Christopher encorvado delante del ordenador, la cara iluminada por la luz de la pantalla. Tal vez esas imágenes hubiesen facilitado la excitación que luego se había consumado gracias a una pareja real, de carne y hueso, una mujer o quizá dos, que lo esperaban en el cuarto de baño o que tal vez estuvieran mirando el ordenador con él, en otro momento de nuestra relación habría podido ser yo. Una mujer con la que luego pasaría a la acción: la imagen pornográfica todavía fija en su imaginación, un suplemento para el cuerpo real de carne y hueso, que en sí mismo ya no le bastaba, el sexo en vivo que seguiría siempre tendría algo de decepcionante en comparación con la promesa ilimitada de la fantasía pornográfica, el carácter infinito de internet.

Pero cuando miré lo que tenía en el ordenador fue semanas, meses más tarde, mientras que el número de junio de la *London Review of Books* lo vi pocos días después de su muerte, o mejor dicho, después de que me informaran de su muerte. Para entonces, Isabella ya había llegado. La había telefoneado desde la comisaría, después de ver el cuerpo de Christopher, tumbado en la mesa de acero, cubierto de la cabeza a los pies por una sábana, incluida la cara. Eso me irritó todavía más, aunque no había motivos para que esperase que hubiesen dispuesto el cuerpo de otra forma, que hubiesen colocado la sábana a la altura de los hombros, por ejemplo, como si estuviera tumbado en la cama, «parecía que estuviese dormido».

No parecía que estuviese dormido. Cuando el agente de policía retiró la sábana, su rostro estaba petrificado en la misma expresión que había visto en las fotografías: de nuevo, un truco de la imaginación, que siempre es estúpida y lenta en esas situaciones, había pensado que su cara tendría otro aspecto, que parecería distinta, cuando estaba exactamente igual que en las fotografías, un ojo abierto y otro cerrado, la boca desencajada. Y sin embargo la herida de la nuca, con su costra de sangre negra, era más grande y se veía más abierta de lo que me había esperado, parecía que siguiese creciendo, como si continuase provocándole sufrimiento, como si todavía experimentase dolor, allí mismo delante de mí.

Me aparté de la mesa. Cuando el agente volvió a taparlo con la sábana, dijo que daba por hecho que el cuerpo sería repatriado a Inglaterra en lugar de ser enterrado o incinerado en Grecia. Asentí, aunque a decir verdad no lo sabía, no tenía la menor idea de qué habría querido Christopher, no creía que hubiese querido algo en esas circunstancias. Tendrá que informar a la embajada, habrá que embalsamar el cadáver, cuanto antes mejor, dijo el policía. Había procedimientos que seguir. Asentí de nuevo con la cabeza y dije que, en cuanto llegase la madre de Christopher, nos pondríamos en marcha; entonces se dio la vuelta, satisfecho.

No me preguntó por qué era preciso esperar a la llegada de Isabella, quizá a sus ojos esa deferencia hacia la madre resultaba algo natural. En cualquier caso, Isabella no tardó en presentarse. Ella y Mark tomaron el vuelo que salía de Londres a primera hora del día siguiente. La actitud de Isabella, cuando la llamé desde la comisaría, fue extrañamente calmada. Dijo: Oh, no, y luego permaneció callada tanto tiempo que temí que se hubiera desmayado. Pronuncié su nombre varias veces, hasta que Mark tomó el teléfono y tuve que repetir la noticia: Han encontrado muerto a Christopher, está muerto. De fondo, me llegaban los sollozos de Isabella, un sonido grave y terrible. Me llevé la mano a la boca. Oí un golpe sordo, como si se hubiese desplomado en el suelo. Cerré los ojos. Tengo que dejarte, luego te llamo, me dijo Mark, luego te devuelvo la llamada.

Menos de veinticuatro horas después, estaba ante la verja del hotel viendo aparecer el coche que los transportaba, Mark e Isabella sentados en la parte posterior, petrificados. Debían de haberle ordenado al chófer que se apresurara, porque eran poco más de las doce. Cuando salió del coche, Isabella no me miró a mí sino a su alrededor, a la carretera, luego a las colinas y al cielo, como si procurase comprender qué había llevado a su hijo hasta aquel lugar. La observé desde la verja, protegiéndome los ojos del resplandor del sol con una mano. La temperatura descendía cada día que pasaba, me fijé en que Isabella y Mark llevaban unos abrigos ligeros, saltaba a la vista que, pese a su aflicción, habían consultado la previsión meteorológica antes de hacer las maletas. Con todo, el sol seguía brillando con fuerza.

Al principio me dio la impresión de que Isabella miraba el paisaje que la rodeaba con expresión desconcertada –la expresión perpleja con que una esposa guapa contempla la cara de una amante vulgar, el rostro de su traición–, pero poco a poco me di cuenta de que no miraba con estupor sino con odio, la misma animadversión que esa esposa siempre acaba sintiendo por la amante. Odiaría ese lugar durante el resto de su vida, hasta el día de su muerte. Mientras avanzaba hacia mí con los brazos abiertos –nos abrazamos, pero con cautela, como si ambas fuésemos de una fragilidad incalculable–, comprendí que, aunque siempre me había aborrecido, ahora su odio se había disipado y había encontrado otro objetivo. Yo le había arrebatado a Christopher pero nunca por completo, nunca de este modo.

Casi lo primero que dijo, una vez que nos acompañaron a su habitación y la puerta se cerró tras nosotras (había mandado a Mark a hacer un recado, obviamente inventado, a la farmacia del pueblo, le dijo que tenía el estómago revuelto, por las náuseas o por el mareo de ir en coche), fue: ¿Por qué vino aquí? Estaba de pie junto a la ventana, Kostas había instalado a Isabella y Mark en una suite, aunque no era la que había ocupado Christopher. La miré, no recordaba cuándo había sido la última vez que habíamos estado las dos a solas. Me devolvió la mirada, por un instante me dio la impresión de que la relación principal era entre nosotras, ahora que los hombres habían muerto o se habían ausentado por obligación. Tal vez en ese momento fuera cierto.

No lo sé, dije. No lo encontré a tiempo, llegué demasiado tarde.

Negó con la cabeza, los músculos de alrededor de su boca se tensaron. Seguro que fue por una mujer, Christopher era incapaz de mantener la polla dentro de los pantalones.

Me quedé de piedra, nunca la había oído utilizar un lenguaje tan vulgar y nunca la había oído hablar de su hijo en términos tan críticos y agresivos. No hablaba como si hubiera muerto sino como si simplemente se hubiese fugado, como si pensara soltarle un sermón cuando por fin regresara, me di cuenta de que se hallaba en un estado de negación absoluta de la realidad.

Se quedó junto a la ventana, mirando el agua con expresión inamovible, una mujer llena de rabia, hacia la situación, hacia el lugar, hacia la muerte misma de su hijo, un hecho que no podía aceptar. Hacia su hijo, que había tenido la desfachatez de morir antes que ella, de colocarla en la posición antinatural de sobrevivir a su único hijo, la pesadilla de cualquier madre. Resultaba aterrador mirarla a la cara, desmoronada bajo el duelo que era incapaz de expresar directamente, yo sentía una absoluta compasión por su desgracia, y aun así, mientras seguía hablando, deseé que se callara de una vez.

Creo que hoy en día lo llaman adicción al sexo. Hombres que no pueden parar de perseguir a las mujeres, ni siquiera cuando se ponen en ridículo. Y empeora con la edad, ¿sabes? No hay nada peor que un viejo salido. Por supuesto, parte de la responsabilidad de esta situación es tuya, añadió. Pero no te culpo, conozco a mi hijo, no creo que ninguna mujer hubiera sido capaz de evitar que fuera infiel.

De repente se le llenaron los ojos de lágrimas, como si no hablase de la infidelidad de su hijo sino de su muerte: de eso era de lo que estaba hablando en realidad, y tenía razón, ninguna mujer habría podido evitar que muriese. Supongo que las cosas estaban tensas entre vosotros dos, Christopher no me había dicho ni una palabra del tema, pero yo lo noté. Hizo una pausa. Si Christopher no hubiese tenido motivos para venir a este sitio…

Vino para investigar, dije, para terminar su libro.

Isabella negó con rotundidad. El libro solo era la excusa, dijo, Christopher nunca se tomó su trabajo en serio. Siempre huía. Siempre tenía algún lugar al que ir, se complicaba mucho la vida. Creo que tenía miedo de que, si se detenía, acabara por darse cuenta de que su vida estaba vacía.

Era injusta… Aunque quería a su hijo con locura, Isabella nunca había sido capaz de tomarlo en serio. Ahora que había muerto, ella ya nunca tendría que reconocer la profundidad de las ambiciones de él, el hecho de que al morir hubiese dejado cosas sin terminar. No me miraba a la cara. Le dije que él había estado a punto de terminar el manuscrito (una mentira), que yo había leído capítulos enteros (otra mentira), que en realidad había un punto clave del libro (incluso la expresión sonó falsa) que podía plasmarse gracias a la investigación que había llevado a cabo allí, en el sur del Peloponeso.

Isabella no me respondió, puede que no me oyera. Plantada junto a la ventana, parecía la mujer más triste del mundo. En cualquier caso, dijo, sin dejar de contemplar el mar, tú lo querías. A pesar de sus defectos. Y eso es algo. Murió amado. No me miró en busca de corroboración: quizá no fuera necesario, se sobreentendía que yo amaba a Christopher, ¿qué esposa no quería a su marido? ¿Aun cuando su marido le diera motivos de sobra para no amarlo? Hubo una pausa perceptible, que Isabella no pareció notar, antes de que yo respondiera: Sí, a Christopher lo quería mucha gente, no cabe duda de que murió amado.

Pero sobre todo lo amaste tú, insistió, el amor de una esposa es diferente, es importante.

¿Más importante que el amor de una madre?, pregunté. Me arrepentí al instante, habría retirado la pregunta de haber podido, el hijo de esa mujer acababa de morir, si no era capaz de ser generosa con ella en esas circunstancias, ¿cuándo lo sería? Pero me respondió, con gesto sombrío: Sí, es el amor más importante, el amor de una madre es algo seguro, se da por hecho. Un niño nace y su madre lo amará para el resto de su vida de manera incondicional, sin que el niño tenga que hacer nada en especial para ganarse su amor. Pero el amor de una esposa hay que ganárselo, primero hay que conseguirlo y luego mantenerlo.

Hizo una pausa y después añadió, aunque creo que sin malicia: Tú no tienes hijos, tal vez te cueste entenderlo. Y respondí: Sí, lo quería, Isabella. Murió amado. A lo que ella contestó: Ah. Eso es lo único que quería saber.

Y sus palabras volvían a mí una y otra vez, mientras revisaba las pertenencias de Christopher, empaquetándolas para que pudieran enviarlas a Londres (el personal del hotel se había limitado a meter sus cosas en cajas, estaban todas desordenadas, y yo no podía pedirle a Isabella que llevase a cabo esa tarea. Isabella, cuyo duelo ya había desbancado al mío, debido a su egotismo natural y debido a que el secreto de mi separación de Christopher significaba que yo misma no creía que mi pena tuviera derecho a manifestarse; dejé que la situación ocurriera).

Cuando encontré el ejemplar de junio de la *London Review of Books*, estaba abierto por las páginas del final. En ellas había listas de anuncios personales y de inmobiliarias: «casa de estilo colonial en la costa de Goa, a cuatro kilómetros de Monte San Savino, imprescindible vehículo, unas vacaciones para escribir en un refugio de lujo que cambiarán su vida». En el extremo inferior izquierdo, en la página por la que estaba abierta la revista, desgarrada por la parte de las grapas como si las hojas llevasen bastante tiempo dobladas hacia atrás, había un anuncio en un recuadro que alguien había rodeado con un círculo en boli. El anuncio decía:

INFIDELIDADES: ¿Se ha convertido su vida en algo un poco rancio y rutinario? ¿Conseguiría recuperar la chispa especial con algunas citas discretas?

Infidelidades es lo mejor para experimentar relaciones alternativas. Le ofrecemos un esquema personal, profesional y hecho a medida, alejado de la búsqueda por internet. Animamos especialmente a las mujeres a unirse a este proyecto único. Por favor, telefonee a James para mantener una distendida charla privada.

El anuncio continuaba dando un teléfono fijo y otro número de móvil. Mientras lo releía por segunda vez, pensé, de un modo casi mecánico, que el redactor no tenía mucho oído para escribir: por ejemplo, ¿por qué decía «un poco rancio» en lugar de simplemente «rancio»? ¿Por qué «recuperar la chispa especial» en lugar de «recuperar la chispa»? Es posible que en la mayor parte de las circunstancias diera igual, pero habían puesto el anuncio en la *London Review of Books*, que tenía unos lectores cultos y sofisticados, unos lectores que poseían esa concepción de sí mismos. El tono del anuncio era un caos absoluto, por un lado sonaba a propuesta de un banco o a una oportunidad de inversión, por ejemplo en el uso del término «esquema». Por otro, sonaba como un experimento de amor libre mal concebido, ¿por qué describirlo como un «proyecto único», por qué referirse a él como «alternativo»?

Alisé el papel, me temblaban un poco las manos. Fue la última línea, la invitación a llamar a James para mantener «una distendida charla privada», la que me sorprendió más, me resultó de lo más extraña, sobre todo el hecho de que incluyera un número fijo y uno móvil. Me imaginé al tal James, pegado constantemente al aparato, listo para dejarlo todo si sonaba el teléfono, cualquiera de los dos, siempre preparado para entablar una conversación privada y distendida a cualquier hora del día o de la noche, cuanto más lo pensaba más me inquietaba la incoherencia del tono, por un lado era «profesional y hecho a medida», por otro era una «charla», era «distendida».

El agente de Christopher también se llamaba James, un hombre encantador y carismático de sesenta y algo, una figura destacada dentro del mundo editorial, no podía imaginarme a otro hombre más distinto de ese James. Y, pese a todo, tal vez los servicios que ofrecían no fuesen tan dispares: discreción, comprensión, una especie de confianza profesional… Empecé a imaginarme al paternalista agente de Christopher transformado en el James de Infidelidades, escribiendo el texto en su portátil, enviando el anuncio al departamento de publicidad de la *London Review*, esperando a que entraran las llamadas, una imagen absurda pero aun así divertida, quizá de entrada fuera el eco del nombre lo que provocó que Christopher se fijase en el anuncio.

Pero ¿qué podía ofrecer exactamente Infidelidades a alguien como Christopher, por ejemplo, alguien que no necesitaba ayuda alguna para conseguir sus infidelidades, que no requería que le enseñaran lo que eran las «citas discretas» (pues esas citas le ocurrían casi sin querer, del mismo modo que la depresión afectaba a ciertas personas), pero que, a pesar de todo, se había molestado en marcar aquel anuncio? ¿Qué podía proporcionarle ese esquema? La clase de ayuda que Christopher habría podido necesitar habría sido más para gestionar sus flirteos y amantes, algún tipo de servicio administrativo, organizar aventuras amorosas era una pesadilla, había que recordar las historias que uno inventaba, había que cuadrar agendas, ocultar pistas que pudieran delatarlo…

Sí, el James de Infidelidades habría tenido más suerte con Christopher si hubiese ofrecido servicios en esa línea, que realmente habrían sido «a medida» (el anuncio buscaba dar la impresión de ser de clase alta y sofisticado, pero en realidad solo sonaba a barrio residencial, incluso un tanto burdo). En ese caso, Christopher tal vez se hubiera decidido a descolgar el teléfono y decir: Hola, necesito ayuda con mis infidelidades, más en concreto, necesito que me ayuden a gestionarlas, empiezan a ser un quebradero de cabeza para mí. Y entonces el James de Infidelidades le habría hecho una serie de sugerencias o propuestas útiles, cosas que pudieran suavizar el desarrollo a veces farragoso de la infidelidad, le habría recomendado tener una segunda línea de móvil o preparar unos regalos que ofrecer a la esposa en el momento idóneo.

Y por encima de todo, amable y discreto como un cura, James habría perdonado sus infidelidades. Y entonces supe que esa era la verdadera razón por la que Christopher se había detenido a rodear el anuncio con un círculo. No necesitaba llamar por teléfono ni mantener una conversación con James, el mero hecho de que existieran ese anuncio y su descarado mensaje bastaba: había otras personas que hacían lo mismo, había incluso personas que querían ser infieles y no sabían cómo. Christopher debía de haberse sentido reafirmado, debía de haber pensado que era algo completamente natural sentir esa compulsión que lo embargaba, que había ido más allá del placer para convertirse en algo mucho más terrible. Hacia el final, se había transformado en alguien como Moira Shearer en *Las zapatillas rojas*, obligada a bailar, más allá del placer o la diversión, hasta entrar en el reino de la muerte.

¿Cuántas debían de haber sido, exactamente? «Christopher era incapaz de mantener la polla dentro de los pantalones.» Que yo supiera había tenido tres amantes, y por el bien de los dos había fingido, ante mí misma y ante él, que solo habían sido tres, que era un número finito. Tres ya era bastante terrible para un matrimonio tan breve, tres ya se consideraban infidelidades, múltiples aventuras en lugar de solo uno o dos deslices. Y, sin embargo, sabía perfectamente que había habido más, posiblemente muchas más: «No te culpo, conozco a mi hijo, no creo que ninguna mujer hubiera sido capaz de evitar que fuera infiel». Isabella había considerado su infidelidad como una especie de cáncer, una enfermedad que siempre tenía mal pronóstico.

Y que yo no había logrado curar: ahora lo entendía, y entendí también que la frialdad de su duelo, el veneno inexplicable y tajante que había dirigido hacia su hijo, encontraría finalmente su verdadero objetivo. Aparté la revista. Al final Isabella acabaría culpándome a mí, ya había empezado a culparme, aunque todavía no lo supiera. Se me encogió el corazón: no se me ocurría nada que decir en mi defensa. Christopher estaba muerto y yo estaba viviendo con otro hombre, lo había dejado a solas con su infidelidad: sí, al final, había sido yo la que lo había abandonado.

9

¿Fue por eso por lo que, a fin de cuentas, no le había contado a Isabella y a Mark que Christopher y yo nos habíamos separado? ¿Por la pregunta de Isabella, disfrazada de afirmación —«Murió amado»—, y por la culpabilidad, la evidente culpabilidad que sienten los vivos, que no desaparece necesariamente con el tiempo como promete el dicho? Cuando entré por primera vez en la comisaría, ya sabía que no se lo contaría a Isabella, que el momento idóneo para contárselo pasaría sin que lo aprovechara, que no abriría la boca.

Después de identificar el cuerpo y de que me dijeran que ya podía marcharme, salí de la comisaría y me encontré a Stefano esperándome. El agente había llamado a un taxi para que me llevara de vuelta al hotel. Stefano corrió a abrir la portezuela del coche, con el rostro cada vez más sonrojado, como si verme lo azorase. Cuando llegué al coche, se detuvo y me agarró las manos entre las suyas, murmuró unas palabras de pésame que apenas pude oír, puede que dijera «Me he enterado de lo de su marido» o «Cuánto siento la noticia». Al final, bajó la cabeza y solo añadió que lo sentía mucho.

Le di las gracias con un gesto de la cabeza, vi que se encontraba en una posición muy incómoda, atrapado entre una genuina compasión —no éramos amigos, solo habíamos pasado unas cuantas horas juntos, pero era una persona de naturaleza empática, demasiado humano para no ser capaz de imaginarse cómo debía de sentirme— y otra emoción que era más comprometedora, una expresión de alivio cuando no de triunfo. Todavía no sospechaba que Stefano podría haber recibido la muerte de Christopher con alegría, todavía lo consideraba un hombre sensible, e incluso a quienes no son excesivamente sensibles les resulta difícil contemplar la muerte no como algo abstracto.

Sin embargo, era una solución tan buena como cualquier otra, incluso en mi estado de estupor era capaz de advertirlo, tal vez incluso llegué a pensar algo semejante: Por lo menos alguien se beneficiará de esto, todo tenía sus pros y sus contras, incluso los acontecimientos más extraordinarios y los más desdichados. Me senté en la parte trasera del coche, noté de inmediato que Stefano estaba nervioso, no sabía qué decir, cómo comportarse ante alguien que acababa de sufrir una pérdida, a diferencia de su tía abuela él no tenía experiencia en ese sentido. No sé qué decir, estoy conmocionado, me dijo.

Asentí con la cabeza, no había nada que responder a ese comentario, hubiese preferido que dejase de hablar. Pero no lo hizo. Por casualidad pasé por el sitio donde encontraron el cuerpo, continuó, estaba trabajando, el hombre al que llevaba en el coche tenía prisa, esa carretera es la ruta más rápida entre los dos pueblos. Mientras hablaba, me cubrí la cara con las manos. Me dolía la cabeza, me ardía la cara. No sé dónde encontraron el cuerpo, dije, no me lo han dicho.

No me di cuenta de que era su marido, se apresuró a añadir. La carretera estaba cortada y había un coche de policía, pero no vi el cuerpo —sin previo aviso, la imagen surgió en mi mente, las piernas bajo la manta, los pies separados... Él siguió hablando—: Más tarde me enteré de quién era y me quedé de piedra, lo había llevado un par de veces cuando había necesitado desplazarse, llevaba en el pueblo casi un mes.

Bajé las manos. Fue un momento extraño de confirmación, intenté recordar qué me había dicho Stefano con anterioridad acerca de Christopher: casi nada, solo que sabía que yo lo estaba esperando. Desde luego, no me había dicho que Christopher hubiese sido cliente suyo, que se hubiese sentado en la parte trasera de su taxi, igual que yo había hecho, igual que hacía en ese preciso momento. No obstante, ¿acaso no me había imaginado ya a Christopher montado en el coche de Stefano, ocupando el espacio a mi lado? ¿No había sentido que ese posible sincronismo era meramente inquietante? Ahora que Christopher había muerto, conocer el vínculo entre ese hombre y él me pareció de pronto algo más imperioso, cargado de un sentido inabarcable.

¿Habría llevado Stefano a Christopher antes de descubrir que se había acostado con Maria, o después, o ambas cosas? Quizá Christopher y Maria hubiesen concertado una cita amorosa en el campo para cuando él regresara de Cabo Tenaro —un lugar extraño, pero no imposible, un paseo por el campo después de una escapada en coche— y Stefano hubiese seguido a Maria hasta allí, hubiese visto la prueba irrefutable de la pareja de amantes juntos, una imagen que había desatado su ira. Y entonces, después de que Maria se marchara a casa a regañadientes, Stefano habría surgido de entre las sombras para atacar al hombre que con tan poco tacto le había arruinado la vida: a veces la gente pierde la cabeza, no estaba claro si el golpe que había recibido Christopher tenía la intención de ser letal.

Stefano no pareció darse cuenta de que había dicho algo que no encajaba. ¿Cuántas veces lo había llevado en el taxi?, me entraron ganas de preguntarle. ¿Y cuándo fue la última vez? Quizá incluso hubiese recogido a Christopher –Christopher, recién despegado del abrazo de una mujer anónima en Cabo Tenaro y ya en busca de otra– en la estación de autobuses, aunque dudaba mucho que Christopher hubiera tomado el autobús, era un escenario imposible. En ese momento Stefano miró por el espejo retrovisor, se había dado cuenta de que lo estaba observando.

Aparté la mirada. Quizá Christopher se hubiese olvidado del nombre de Stefano, o quizá sí lo recordase y lo hubiese saludado en esa estación de autobuses imposible, tal vez se hubiese acordado de él por Maria, ella habría mencionado a Stefano en un intento inútil de poner celoso a Christopher, alguien que, en mi experiencia, nunca había sentido celos. Era posible que Christopher lo hubiese llamado por teléfono –una tarjeta de visita, entregada en una carrera anterior–, quizá hubiesen charlado durante el trayecto, quizá Christopher le hubiese contado a Stefano los pormenores del viaje, su excursión, lo que habían sido sus últimos días, algo que ninguno de nosotros sabíamos entonces.

Stefano observaba la carretera, hacía un buen rato que guardaba silencio. Esa visión —o sería más adecuado llamarla fantasía, no estaba segura— me dejó exhausta, aunque de pronto me pareció un mero capricho de la imaginación. Si Stefano era culpable de ese crimen, de matar a un hombre, ¿me habría contado justo a mí —la viuda, la persona que debía de estar más afectada— que había llevado a Christopher en el taxi alguna vez? ¿Se habría arriesgado a entrelazar aún más sus dos historias? Aunque podría haber sido una respuesta nerviosa, dicen que los culpables a veces quieren que los descubran.

Stefano permanecía sentado en el asiento de delante, convertido de pronto en una cantidad indeterminada, una masa física de potencialidades. Percibí que era un hombre capaz de actos violentos, pero eso no significaba nada, casi todos los hombres lo eran, al igual que casi todas las mujeres. Había algo terrible en acusar de asesinato falsamente a un hombre, incluso con la imaginación. Era un acto de especulación que lo contaminaba todo, una vez plantada la semilla de la duda es imposible de arrancar, lo sabía ya por mi relación con Christopher, el matrimonio había muerto a manos de mi imaginación. Aun así, no pude reprimirme. Me incliné hacia delante y pregunté: ¿Cuándo llevó a Christopher en el taxi? Al principio de su estancia, solo un par de veces. No volvió a llamarme, no sé por qué.

Respondió al instante, con voz completamente natural, sin cambiar de tono. Habló como lo haría un hombre que no tuviera nada que ocultar y luego no añadió nada más, debió de pensar: La mujer está en estado de shock, lo mejor es dejarla tranquila, no hay nada más que decir. Le miré fijamente la nuca, las manos al volante, de nuevo me pregunté de qué sería capaz y luego sentí una oleada de imprevista emoción. Daba igual lo que hubiera hecho o dejado de hacer ese hombre, su vida se había visto completamente trastocada por la llegada de Christopher. Volví a sentir —era imposible negarlo, lo reconocí de inmediato— empatía por ese hombre. El mismo mecanismo de destrucción había guiado mi propia vida, era algo que ambos compartíamos. Me quedé callada, ninguno de los dos dijo nada más hasta que llegamos a salvo al hotel.

Dos mañanas más tarde, el día después de que llegaran Isabella y Mark, quedé con Isabella para desayunar. Cuando bajé al restaurante, estaba sentada en el extremo más alejado de la terraza, en una mesa con unas vistas privilegiadas sobre el mar. Se hallaba de espaldas a mí, su cuerpo estaba rígido, parecía una estatua de piedra o de madera tallada, totalmente inmóvil, y aunque debía de estar cansada —cuando se dio la vuelta, vi que tenía arrugas alrededor de los ojos y la boca, que su delicada cara estaba hinchada por el desgaste emocional—, también parecía atemporal, momificada por la fuerza de su personalidad.

Confío en no haberte hecho esperar mucho.

Al cabo de unos segundos eternos, respondió —No, tranquila, o No importa—, y entonces se giró lentamente hacia la mesa. Me senté enfrente de ella y pedí un café, vi que Isabella ya tenía la taza vacía. El camarero le preguntó si quería otro. Ella asintió, sin establecer contacto visual. Solo cuando el camarero se hubo marchado, levantó la cabeza y me miró.

Quería disculparme por mi comportamiento de ayer. No debería haber dicho esas cosas sobre Christopher. Mark se enfadó mucho conmigo cuando se lo conté.

Por un instante percibí un atisbo de coquetería en sus maneras, como si me estuviera invitando a imaginarme la discusión doméstica entre ambos, el teatro ligero de su deferencia femenina ante la autoridad masculina de él —según mi experiencia, Mark no era un tipo gruñón—, un breve instante en el que se olvidó de su pena y se mostró divertida.

Pasado ese instante, la alegría se desvaneció. Frunció el entrecejo y entrelazó las manos sobre el regazo. Su actitud era cautelosa, sin duda quería rectificar la impresión cusada por las pasiones que había expresado el día anterior, de las que ahora parecía arrepentirse.

Lo que dije no era verdad. Y, en cualquier caso, salta a la vista que tú no sabías nada de eso.

Habló con deliberación, pero aun con todo me percaté de que sus palabras no tenían mucho sentido, esas cosas que no eran verdad y de las que yo no sabía nada (¿cómo iba a saber algo de ellas si no eran verdad, qué era lo que podría haber sabido? ¿O se refería simplemente a si no había tenido falsas sospechas, a si no había oído falsos rumores?). Parecía cansada, sin duda no había dormido muy bien. Aparté la mirada.

No hablemos de eso.

Isabella y Mark también tenían cosas que ocultar, yo no era la única. Qué imperdonable habría sido si yo no lo hubiera sabido. No veía cómo podía decirle que sus declaraciones no habían sido más que la confirmación de lo que yo ya sabía, de lo que había preferido no saber durante tantos años, hasta que se había vuelto insostenible o increíble incluso para mí misma. Podía alegar algunos argumentos: que la monogamia era antinatural, cosa que casi con total seguridad era cierta, pero que había muchísimas personas que lograban mantenerla o se acercaban bastante a ella, o por lo menos lo intentaban. ¿Lo habría intentado Christopher también? Era posible, o al menos no era imposible. Pero ya no era el momento de emplear esos argumentos. Ya había pasado.

De todos modos, no parecía que Isabella se sintiese particularmente culpable, su arrepentimiento no debía de haber sido sincero, o si lo había sido, se había tratado de una emoción transitoria. El camarero nos sirvió el desayuno: una bandeja enorme con tostadas, zumo de naranja, huevos al plato y beicon para Isabella, que comió con un apetito impresionante. Pensaba que el disgusto le habría quitado el apetito, pero como ocurría con tantas personas inglesas, tenía una constitución excelente e infatigable.

Me quedé sentada frente a ella mientras ingería lo que se habría considerado una comida abundante en cualquier circunstancia y un copioso festín dada la situación actual, sus fuertes dientes mordiendo sin cesar la crujiente tostada, el beicon y los huevos. Se limpió la boca con delicadeza –fingir delicadeza después de semejante exhibición de apetito era absurdo, pero era propio de su carácter, tanto fingir como ser delicada– y luego dejó la servilleta en la mesa.

¿Cuánto crees que tardarán en detener al culpable?

La pregunta me sobresaltó. Hasta entonces no había mencionado en ningún momento la investigación policial, ni siquiera el hecho de que su hijo no solo hubiese muerto sino que hubiese sido asesinado, y con saña, además su voz sonaba clara y dura, lo que hacía que ella pareciese todavía más crispada. Normalmente, en estas situaciones las personas solo tienen un hecho innombrable al que enfrentarse, el hecho de la muerte en sí, pero en ese caso había otro elemento innombrable: la naturaleza violenta de la muerte, el asesinato.

No lo sé.

¿Qué te dijeron en la comisaría sobre la investigación?

Entonces caí en la cuenta de que se me había olvidado preguntar al jefe de policía por la investigación, no había formulado ni una sola pregunta. Era inexplicable, una omisión reveladora que no sabía justificar, y mucho menos ante Isabella. «¿Cuánto crees que tardarán en detener al culpable?» Volví a pensar en Stefano, que tenía motivos para odiar a Christopher y que lo había llevado en el taxi «un par de veces», según él. Isabella no solo buscaría justicia sino también venganza, siempre son las madres las que están más sedientas de sangre, e Isabella esperaría que yo, la esposa de Christopher, desease lo mismo.

No pudieron decirme gran cosa, contesté. La investigación acaba de empezar.

Lo entiendo. Pero deben de tener algún sospechoso.

Sin duda.

Pero nada que pudieran contarte.

Fui solo para identificar el cuerpo.

Soltó un hondo suspiro y se recostó en la silla, alargué la mano para ayudarla a mantener el equilibrio. Noté su brazo más frágil de lo que esperaba, Isabella lucía unas mangas exageradas y voluminosas, nunca mostraba los brazos, solo las hermosas mangas. Me pilló por sorpresa, podría haberle quebrado el codo con los dedos. Al cabo de un momento, levantó una mano y me agarró la mía.

Por supuesto, querida mía. Debió de ser horrible.

Decir «horrible» era como no decir nada, pero le falló la voz, yo había estado en lo cierto, habría sido demasiado pedirle a esta mujer, que era mayor de lo que aparentaba, que identificara el cuerpo de Christopher. Entonces fui yo la que se sintió arrepentida, había invocado el cuerpo de Christopher con el fin de evitar la confrontación, era despreciable. Isabella carraspeó y apartó la mano, una indicación de que debía retirar también la mía, cosa que hice.

A Mark se le dan bien esas situaciones, cualquier hombre lo haría mejor que una mujer... Al fin y al cabo, estamos en Grecia. Son tremendamente machistas.

Había adoptado un tono solícito, casi maternal. Mi evidente aflicción, Isabella supuso que a causa del recuerdo del cuerpo de Christopher, había servido para apaciguarla, como si fuese un alivio no tener que hurgar en sus propias emociones turbulentas.

Las dos lo queríamos mucho, dijo. Eso es algo que siempre compartiremos, pase lo que pase.

Me pareció un comentario muy personal, pero mientras lo dijo no me miraba a los ojos, sino por encima de mi hombro, como si estuviera viendo acercarse a alguien. Me di la vuelta —podía tratarse de Mark, o quizá del camarero—, pero la terraza estaba vacía, Isabella miraba a la nada. Entonces volvió a contemplar el mar, sin cambiar la expresión abstraída que mostraba cuando había proclamado nuestro amor compartido por Christopher, como si fuese la expresión que consideraba apropiada para hablar del amor, del amor y de su hijo.

Tendremos que decidir qué hacemos con el cuerpo.

No quería utilizar la palabra «cuerpo», pero al mismo tiempo no sabía de qué otro modo decirlo: habría sido morboso referirme al cadáver como Christopher, era más que evidente que no se trataba de Christopher, sino de un objeto de carne y hueso en decadencia, un objeto que provocaba un horror considerable, un «lo». Y al mismo tiempo, había cierta aspereza en mi frase que no me gustó, si hubiese habido eufemismos a mi disposición los habría utilizado encantada, todos ellos, tantos como hubiera hecho falta. Isabella asintió con la cabeza.

El cuerpo –aceptó esta palabra deshumanizadora, recurrió a ella como había hecho yo– será repatriado a Londres, por supuesto. No me imagino teniendo que incinerar a Christopher aquí, y mucho menos enterrándolo, ¿qué sentido tendría? Este lugar no poseía ningún significado especial para él. Simplemente resultó que se encontraba aquí cuando lo mataron. No tengo intención de regresar a este sitio en mi vida.

No habrá más remedio que volver a la comisaría. Habrá que rellenar algunos papeles.

Arrugó la frente.

Creo que deberíamos mandar a Mark. Él puede encargarse de eso. Como ya te dije, los griegos son tremendamente machistas.

En ese momento, Mark se presentó por fin en la terraza. Era un hombre corpulento y bastante impresionante, que cuidaba de su aspecto, incluso ahora que iba vestido como un típico inglés en el extranjero, con ropa de lino en tonos claros y un sombrero de paja, como si estuviera de vacaciones y de paso aprovechara para recoger el cuerpo de su difunto hijo. Solo al observarlo con más detenimiento —mientras cruzaba la terraza para dirigirse a nuestra mesa— se hacía visible el duelo en su rostro, y entonces me vino a la cabeza una imagen de Mark, moviéndose por su apartamento de Eaton Square, haciendo la maleta de forma mecánica para un viaje que no podía haberse imaginado, mucho menos previsto, un día antes.

Los aspectos prácticos de la tarea debieron de suponerle un alivio, conocía a Mark lo suficiente para estar segura de ello. Habría consultado en el ordenador la temperatura estimada para Gerolimenas, era imposible que conociera el lugar de antemano, seguro que lo buscó en un mapa. Luego habría sacado la maleta y la habría colocado abierta encima de la cama antes de elegir las camisas, los pantalones y las chaquetas, suficientes para una semana, porque en esos momentos no sabía con certeza qué le esperaba en Grecia.

A pesar de la naturaleza en general paciente de Mark, pensé que la diferencia en el modo de experimentar el duelo bien podría abrir un abismo entre la pareja, podía imaginarme la respuesta de él al dolor de Isabella, incluso es posible que Mark hubiese pensado o dicho para sus adentros: Por su comportamiento, cualquiera diría que Christopher era solo hijo suyo. Y tal vez entonces su mente hubiese hecho aflorar sin querer una vieja duda latente: no había ningún parecido especial entre Mark y Christopher, que era calcado a su madre, como si hubiese nacido de su vientre sin interferencia de terceros.

La situación podía suscitar algunas dudas, tal y como el propio Christopher e incluso Mark habían dicho en alguna ocasión, y recuerdo haber pensado que Isabella tenía suerte de que en aquella época no hubiera nada semejante a las pruebas de paternidad. De todos modos, dudaba de que Mark se hubiera sometido a la humillación de los análisis científicos... Además, Mark siempre había adorado a Christopher, se notaba a simple vista. La situación habría resultado aceptable, aunque quizá Mark no hubiese adoptado esa actitud de inmediato, quizá hubiera habido un largo periodo de tiempo en el que se hubiese planteado dejar a Isabella, por muy inconcebible que eso pudiera parecer ahora.

Pero incluso cuando se había reconciliado con la vida que compartía con Isabella —quien había tenido un breve arrebato de fidelidad que habría durado hasta que Christopher había cumplido unos cinco años, es decir, edad suficiente para darse cuenta—, pensé que seguro que la posibilidad había continuado atormentándolo, igual que había atormentado a Christopher, pues la única infidelidad que importaba era la que podría haber engendrado el hijo o no. No habría buscado señales de una aventura actual, de una traición en el tiempo presente, sino de los vestigios de una relación amorosa enterrada hace mucho, cuya posible prueba vivía, respiraba y crecía ante sus ojos. Durante años habría esperado la llamada telefónica, la aparición en la puerta de un hombre cuya cara confirmaría al fin la equívoca paternidad de Christopher, otro hombre de repente visible en las facciones de su hijo, el sello de un rostro que, una vez visto, nunca podría dejar de ver. Un hombre que entonces... ¿Qué? ¿Qué habría temido Mark que ocurriese?

Tal vez solo temiese ser apartado a codazos, tal como Isabella había hecho tantas veces antes, tal como hacía incluso ahora. Pero eso era mucho suponer, era dar por hecho que la especulación era cierta. Y nunca llegaríamos a saberlo, Isabella jamás nos lo diría, a menos que lo confesara en su lecho de muerte... mientras que para Christopher no había existido lecho de muerte, no había llegado a saberlo, la muerte lo había pillado, como a todos nosotros, por sorpresa. Me imaginé a Mark, abrumado por otra oleada de dolor insoportable, de pie en el apartamento en penumbra. Al final no había nada en el mundo, habría pensado, tan endeble, tan tonto, como la infidelidad.

Pero nada de eso podía confirmarse ni tan solo intuirse en la cara de Mark conforme avanzaba por la terraza hacia la mesa, con el sombrero de paja en la cabeza; simplemente parecía cansado, desencajado, de un ligero mal humor. Me levanté para saludarlo y me dio unas palmaditas en el hombro, con amabilidad pero con aire abstraído, antes de sentarse junto a Isabella.

Me temo que ya hemos acabado de desayunar, dijo ella.

No importa. No tengo hambre.

Bueno, pide algo. Tienes que reponer fuerzas.

Mark hizo oídos sordos, pero leyó detenidamente la carta con expresión enfurruñada, no, la muerte de Christopher no había provocado que las fisuras de su matrimonio se cerrasen, ni siquiera que se ocultaran de manera temporal. A lo largo de los años había comprobado que ambos tenían una capacidad alarmante de ser desconsiderados el uno con el otro, incluso en presencia de otras personas, no quiero ni imaginar a qué extremos debían de llegar cuando estaban a solas. Mark dejó la carta en la mesa y llamó por señas al camarero, quien se presentó al momento, Mark provocaba ese efecto en casi todo el mundo, aunque no en Isabella, que resopló y volvió a mirar el mar.

He pedido un taxi para que nos lleve a la comisaría, dijo Mark en cuanto se marchó el camarero. Tenemos que hacer algunos trámites.

Yo no quiero ir, cariño, dijo Isabella. Seguro que no hace falta que vaya.

Se la quedó mirando unos segundos eternos, como si hiciera algún tipo de cálculo interno, luego negó con la cabeza y dijo: Vale. Se dirigió a mí. ¿Tú vas a venir? O si prefieres voy solo. No me importa ir solo.

Desde el otro lado de la mesa, vi que se había abrochado mal la camisa, de modo que la tela se ahuecaba en el centro de la solapa, un despiste poco común en un hombre tan meticuloso con su aspecto, lo cual indicaba hasta dónde llegaba su abatimiento, seguro que ni siquiera se había mirado en el espejo antes de salir de la habitación. Me sentí avergonzada, era como si el hombre se me hubiera abrazado al cuello y hubiese empezado a sollozar. Mark dio las gracias al camarero con un gesto de la cabeza cuando le llevó el café y dejó en la mesa una jarrita de leche caliente y un azucarero.

Te acompañaré a la comisaría, dije.

Levantó la vista, sorprendido.

Vale, dijo. Bueno. Gracias.

El hueco de la camisa se abrió aún más cuando se inclinó hacia delante para beber el café, sujetando la taza con ambas manos. Tenía unas manos grandes y bastante bonitas, de huesos finos pero aun así masculinas, unas manos que de hecho no eran muy distintas de las de Christopher, pensé. Isabella no se fijó en las manos de Mark, supuse que había tenido toda la vida para contemplarlas.

¿Qué vas a hacer mientras estemos fuera?, le preguntó Mark.

Isabella se encogió de hombros y luego suspiró en voz baja, hay montones de cosas que organizar, parecía indicar su suspiro, y sin duda era cierto; yo le había dicho antes, cuando quedó claro que deseaba encargarse de los preparativos del funeral, que era libre de hacerlo. Isabella tenía que mantener las apariencias en Londres, mientras que yo no. Y entonces me había dado unas palmaditas en la mano y había dicho que también pensaba que era lo mejor, yo estaba demasiado abrumada para tener que ocuparme de semejante tarea, y además no sabía con qué gente contactar, sería mucho más fácil si se encargaba ella.

Soy más vieja que tú, me había dicho, me temo que últimamente he adquirido más experiencia en organizar este tipo de cosas.

Y había hecho una pausa, tal vez para recordar a amigos, familiares, fallecidos poco tiempo atrás, el teléfono que sonaba para informarte de la mala noticia, quizá a veces de forma indirecta —el clásico «¿te acuerdas de tal y tal?», pronunciado en un susurro, una esquela en el periódico—, en cualquier caso, la muerte te rodeaba por todas partes a cierta edad. Incluso podía ser un actor que recordabas vagamente de las películas, dos años más joven que tú al morir, según el artículo del periódico. No obstante, nunca te esperas que tu propio hijo muera.

Isabella había estado mirando en la dirección equivocada, la muerte a la que tan atenta había estado la había sorprendido por detrás.

Tienes que conseguir que entreguen el cuerpo, le estaba diciendo Isabella a Mark. Cuanto antes.

Supongo que entregarán el cuerpo en cuanto puedan entregarlo, contestó Mark. ¿Han realizado ya la autopsia? Tenía una herida en la cabeza, añadió.

¡Basta!, exclamó Isabella, y se tapó las orejas en un gesto que era infantil y en cierto modo ofensivo, no era momento para esos histrionismos. Aunque, en realidad, tenía derecho a querer taparse los oídos, porque una vez que le dijeran los detalles de la muerte de Christopher existía el peligro de que ese recuerdo predominara sobre todo lo demás, no ya sobre su muerte, sino también sobre su vida. Todo lo que había antes —sus recuerdos de él de niño, su ingenio y su exuberancia, su encanto, incluso de niño había sido capaz de encandilarla—, todo eso palidecería, perdería brillo contra la incontrovertible radicalidad de la herida en el cráneo, la violencia sin palabras que silenciaba todo lo demás.

Cuanto antes, repitió mientras bajaba las manos de la cabeza. Y lo llevaremos de vuelta a Inglaterra. Una de las peores cosas de toda esta —agitó la mano en el aire, indicando la mesa del desayuno, la terraza, el mar y el cielo— situación es el hecho de que su cuerpo yazca en una comisaría desconocida de un pueblo de Grecia. Todo irá mejor, yo me sentiré mejor, una vez que lo llevemos a salvo a casa.

A salvo a casa… ¿y después qué? Pero esa no era una pregunta que pudieran entender, para Isabella y Mark el curso que seguirían estaba claramente marcado, por muy doloroso que fuera el duelo siempre seguía un camino pautado, era fácil creer en la especificidad del dolor propio, pero a fin de cuentas era una condición universal, no había nada único en el sufrimiento. Isabella y Mark regresarían a casa con el cuerpo de su hijo y llorarían su muerte antinatural y su vida demasiado breve. Pero ¿qué haría yo? ¿Cómo y a quién —marido, exmarido, amante, traidor— lloraría yo?

10

Stefano salió del coche, iba en mangas de camisa y sin afeitar. Cuando nos saludó lo hizo con una expresión educada y en cierto modo sumisa, a plena luz del día parecía un hombre completamente inocuo, de pronto todas mis sospechas del día anterior me parecieron poco menos que absurdas. Por primera vez, me di cuenta de que era un hombre de corta estatura, más bajo y de constitución más enclenque que Christopher. La evidente intensidad de sus emociones lo había convertido ante mí en una figura más imponente de lo que era en realidad, a decir verdad Christopher lo habría tenido fácil para vencerlo.

Aun así, mientras estábamos en la entrada del hotel y yo saludaba a Stefano, me percaté de que Mark estaba tenso. «Esta es la clase de hombre que mató a mi hijo», pude ver cómo el pensamiento cruzaba por su mente. Cuando Stefano nos abrió la puerta del coche, el desagrado de Mark pareció aumentar. Presenté a los dos hombres. Stefano se mostró cada vez más reservado, como si al mirar a Mark no viera simplemente a un extranjero lleno de prejuicios —aunque también debió de ver eso, Mark le dio la mano con una expresión que denotaba tanto desdén como consternación, imposible de pasar por alto—, sino también al padre de su rival.

¿Había alguna similitud entre los dos hombres, entre Mark y Christopher? Siempre se decía que no la había, pero la impresión que causaban ambos no era muy distinta. La misma confianza, desenvoltura y seguridad, quizá todos los ingleses le dieran esa impresión a Stefano. Cerró la portezuela después de que nos montásemos y se acomodó en el asiento del conductor. Al sentarse, echó un vistazo a Mark por el espejo retrovisor, con expresión precavida, como si el padre pudiera robar ahora los afectos que antes poseía el hijo.

Mark hizo caso omiso, y mientras salíamos del pueblo miraba por la ventanilla con una expresión constante de desprecio. ¿Ha quedado así por los incendios?, preguntó. Asentí. Meneó la cabeza y luego volvió a mirar al frente. Cuando por fin nos marchásemos, Mark no volvería a Mani jamás, probablemente ni siquiera regresara a Grecia. Todo el país sería una zona muerta para él, contaminada por ese único accidente, igual que le sucedería a Isabella. Contempló la tierra calcinada, era todo cuanto podía hacer para no declarar a gritos que ese sitio era un infierno y mandarlo todo al cuerno.

Esa impresión no debió de cambiar cuando llegamos a la comisaría, que no había perdido su aire de lasitud, aunque tenía más actividad que el día anterior. Había gente en la sala de espera que parecía llevar horas allí sino más, un hombre con una herida abierta en la cabeza estaba sentado en silencio en un rincón, debía de haber ido para denunciar un delito, tal vez otro atraco, en otras circunstancias puede que Christopher hubiese llegado a la comisaría en un estado semejante. Mark observó al hombre y su herida, el fantasma de su hijo, se estremeció y apartó la mirada.

Stefano se quedó fuera con el vehículo. Había insistido en esperar: un gesto de preocupación por su parte, que Mark pareció interpretar como un acto de amenaza o de cálculo. El chófer permaneció junto al coche mientras Mark se dirigía hacia la comisaría en silencio. Cuando pasé a su lado, Stefano me miró con una expresión tácita de súplica y de algo más que no supe identificar, me dejó muy inquieta. Mientras entrábamos en la comisaría, Mark me preguntó por qué no podíamos llamar a otro taxi cuando acabáramos, nos costaría una fortuna tener al chófer esperando todo el tiempo, y en cualquier caso no acababa de gustarle su aspecto. Me ahorré tener que contestar porque apareció el jefe de policía, un hombre a quien no había visto antes y que apretó el paso cuando vio a Mark, Isabella tenía razón.

Se presentó —nos hablaba a los dos, pero se dirigía a Mark— y nos dio el pésame, un comentario que Mark desdeñó impaciente agitando la mano. También con un gesto y con un «Por favor» enunciado con suma educación, el jefe de policía nos condujo hasta su despacho. Mark se sentó sin que se lo ofrecieran, el jefe de policía le preguntó si le apetecía un café o un vaso de agua. Mark negó con la cabeza, sacudiéndose unas motas de polvo invisibles de los pantalones, otro pequeño gesto de desagrado. Al mismo tiempo le temblaban las manos, al cabo de un momento empezó a reseguir de manera compulsiva con los dedos la costura de los pantalones.

El jefe de policía se sentó detrás del escritorio y dio una palmada. Tenía la mirada puesta en los dedos temblorosos de Mark.

Hoy les entregaremos el cuerpo. Supongo que piensan repatriarlo a Londres, ¿verdad?

Mark asintió.

Será preciso embalsamarlo antes de sacarlo del país. Es un requisito de las compañías aéreas. Hay una funeraria en Areopoli… Escribió un nombre y un número de teléfono en un papel y lo deslizó por encima de la mesa. Kostas les ayudará encantado.

Kostas…

El conserje de su hotel.

Mark tomó el papel, lo miró un instante y luego lo dobló por la mitad.

Ya he informado a la embajada británica. Habrá una investigación.

Por supuesto. Suele haberla siempre, en casos como este.

¿Qué han averiguado hasta el momento?

El jefe de policía se reclinó en la silla, me miró un segundo antes de volver a mirar a Mark.

Hemos sufrido unos tremendos recortes presupuestarios en los últimos años. La situación del gobierno central se halla prácticamente en estado de emergencia, seguro que lo ha leído en los periódicos.

No veo qué tiene que ver eso con la muerte de Christopher.

El jefe de policía asintió.

No tiene nada que ver con la muerte de su hijo. Pero tiene muchísimo que ver con la investigación sobre la muerte de su hijo, es decir, con nuestras posibilidades de detener a la persona (suponemos que un hombre, aunque por supuesto también podría haber sido una mujer, y de hecho podría haber más de una persona implicada, podrían ser varias) que mató a su hijo.

Suspiró y se inclinó hacia delante.

La gente desaparece, la gente es incluso asesinada, y muchas veces no llegamos a saber quién es el culpable. Este despacho... Señaló los archivadores metálicos que había pegados a la pared. Está lleno de casos sin resolver. Investigaciones que se cierran sin alcanzar una solución satisfactoria. Me temo que no tenemos el mejor porcentaje de casos resueltos.

Eso no puede ocurrir con el caso de la muerte de Christopher.

Ojalá hubiese llegado antes a la escena del crimen, pero por desgracia estaba en Atenas, visitando a mi familia. En estos momentos ni siquiera tenemos un sospechoso, lo habitual cuando aparece un marido muerto es buscar a la esposa, pero en este caso...

Señaló con la cabeza hacia mí, luego continuó.

Es cierto que todavía no ha pasado mucho tiempo desde la muerte de su hijo, en muchos sentidos esta conversación es demasiado prematura. Haremos todo lo que esté en nuestras manos. Es algo que también nos conviene a nosotros. Se puede imaginar, un extranjero rico que aparece muerto en la calle... Hace que mucha gente se sienta insegura. Corrían rumores de que había una mujer implicada...

Mark se medio incorporó en el asiento. Estaba muy rojo cuando me volví para mirarlo, comprendí que no era solo la indignación por que el jefe de policía hubiera mencionado la infidelidad de Christopher delante de mí, la ultrajada. La idea de la infidelidad de Christopher debió de recordarle la falta de fidelidad de la propia Isabella, como si fuese un rasgo heredado y por tanto, en cierto modo, inevitable y predestinado: no solo la infidelidad de Christopher sino también esa situación, y por extensión su muerte.

... pero no hemos descubierto nada, los rumores no han podido contrastarse aunque hemos entrevistado a todas las candidatas posibles, un marido celoso podría habernos resuelto el caso. Por desgracia, no ha sido así, al parecer no existía relación alguna entre el asesino y su hijo.

¿Eran imaginaciones mías o en ese momento el cuerpo de Mark se relajó un poco? Como si le hubieran restituido a su hijo. Me giré una vez más para mirarlo pero no se movió, no me devolvió la mirada, era como si yo no estuviera presente. Después de una breve pausa, el jefe de policía continuó hablando.

Solo intento que comprenda en qué punto se encuentra el caso en estos momentos. No sé si tiene intención de quedarse en Mani, pero le advierto de que no confío en que este asunto se resuelva pronto. Por supuesto, si hubiera alguna clase de avance importante, le informaríamos de inmediato. Hizo otra pausa. Por el momento, creo que debería regresar a Inglaterra, con su hijo.

Mark dejó caer los hombros un instante —estuve a punto de preguntarle si se encontraba bien—, pero luego se irguió y me preguntó si podía dejarlos solos. Me levanté y asentí con la cabeza, dije que esperaría en la sala de la entrada. Sin volverse a mirarme, Mark dijo que no tardaría mucho. Me detuve unos segundos junto a la puerta, indecisa, pero ninguno de los dos alzó la mirada.

Observé a los dos hombres sentados uno frente al otro. Todavía no le había dicho nada a la policía acerca de Stefano, si no un marido celoso o incluso un amante, al menos un amigo celoso, un hombre celoso, quizá el que podría «habernos resuelto el caso», yo sabía que tenía motivos de sobra para la envidia. Pero no me parecía posible mencionarlo delante de Mark, sobre todo delante de Mark, porque era muy probable que lo hubiera tomado como una acusación contra su hijo, y quizá en cierto modo lo era: en una situación así Christopher no habría estado, después de todo, exento de culpa.

Además, los celos en sí mismos no equivalían necesariamente a culpabilidad. Bastaría un pequeño gesto por mi parte —la verbalización de un miedo, que tal vez no fuese el miedo a que el chófer hubiese matado a mi marido, sino a que las traiciones de Christopher fuesen todavía mayores y más profundas, a que continuaran revelándose mucho tiempo después de su muerte— para arruinarle la vida a ese hombre, no podía tomar a la ligera algo así. Me quedé junto a la puerta, ni siquiera era capaz de confirmarme a mí misma qué era lo que creía que sabía, Christopher se había acostado con Maria, pero también era probable que se hubiera acostado con varias mujeres más en Mani, podían existir diversos hombres en la misma posición que Stefano, lo único que yo tenía era una vaga sospecha.

Regresé a la sala de espera. Por primera vez, tomé conciencia de que me había quedado viuda, de que carecía de la protección de un hombre, era una sensación absolutamente atávica. En la sala de espera de esa comisaría de Grecia, de pronto me sentí ajena al funcionamiento del mundo, que equivale a decir al mundo de los hombres, plantada en el umbral de aquella puerta me había vuelto invisible. Me senté en una de las sillas de plástico. El hombre con la herida en la cabeza ya no estaba, entonces caí en la cuenta de lo raro que era que hubiese ido a la comisaría sin pasar primero a que le curaran la herida, debería haber ido al hospital o al médico, aunque tal vez no hubiera hospital en el pueblo, o tal vez fuera necesario formalizar primero la denuncia; desde luego, resultaría mucho más efectivo hacerlo con la cabeza ensangrentada. Ojalá Christopher hubiera sido capaz de hacer lo mismo.

Aun así, mientras estaba allí sentada, incluso mientras sentía la injusticia esencial de su muerte —quizá todas las muertes fueran injustas, pero algunas más que otras—, no pude imaginarme un desenlace como el que había insinuado el jefe de policía solo para después negarlo: la aparición de un marido o novio celoso, alguien en la posición de Stefano, un hombre en busca de venganza. La idea era horripilante, no solo porque exponía la propia infidelidad de Christopher, sino debido a su patente absurdidad, la imagen de un hombre al que habían puesto los cuernos, poseído por el impulso de matar, ese hombre habría podido presentarse con una navaja o una pistola, no habría planeado matarlo utilizando una vulgar piedra.

No, casi con total seguridad había pasado lo que parecía desde el principio: un atraco, una muerte ridícula y simple. Sin embargo, me pareció que Mark sería capaz de persuadir al jefe de policía de que tenían que encontrar a un culpable, él incentivaría la situación, ¿no era eso lo que ocurría en casos así? Estaba a punto de levantarme y volver al despacho cuando Mark apareció. Tenía una expresión sombría y solo dijo: Vámonos.

Salí de la comisaría detrás de él, una vez en el coche, y antes de que pudiera impedírselo, dijo: Van a continuar con la investigación, pero no tengo muchas esperanzas. Parece que no tienen pistas, ni una sola. No sé cómo se lo voy a decir a Isabella, no sé cómo va a reaccionar.

Stefano nos observaba. Me había dado la impresión de que estaba escuchando nuestra conversación, en cuanto lo miré a los ojos por el espejo retrovisor desvió la mirada a la carretera, pero no antes de que pudiera ver una compleja emoción recorriendo sus facciones, no antes de que Mark la viera también. De improviso, se inclinó hacia delante y gritó: ¿Por qué nos está escuchando? ¿Por qué nos espía, eh? ¿Qué tiene que ver mi hijo con usted?

Agarré a Mark por el brazo y volvió a reclinarse en el asiento, y entonces empezó a sollozar, repitió: No sé cómo va a reaccionar Isabella, no sé lo que va a hacer. Lo abracé como pude, era un hombre corpulento y el coche iba traqueteando por la irregular carretera. Me tomó la mano mientras seguía sollozando, arropado por mi abrazo. Levanté los ojos y mi mirada se cruzó con la de Stefano, nos observamos el uno al otro durante unos largos segundos y entonces volvió a bajar la vista hacia la carretera que tenía delante.

¿Cómo está Maria?, le pregunté.

Aunque no me miró, vi por su reflejo en el retrovisor que se había sobresaltado. Está bien, dijo al cabo de un momento, está bien. Se le veía todavía muy incómodo, supongo que lo había pillado desprevenido, continué observándolo por el espejo pero no volvió a mirarme a los ojos, tenía la vista clavada en la carretera, quizá precisara toda su atención, el firme estaba en unas condiciones lamentables.

En el fondo, Stefano debía de saber que Christopher solo era la manifestación externa —como un ectoplasma saliendo de la boca de un médium— del conflicto irresoluble y más profundo que había entre Maria y él, el problema de su amor no correspondido. Continué observando a Stefano mientras salíamos del pueblo y nos dirigíamos al hotel, con el cuerpo de Mark abandonado en mis brazos. ¿Qué significaba el alivio que había visto en el rostro de Stefano, mientras escuchaba a Mark? ¿Era porque no tenían sospechosos, porque apenas había pruebas, una red llena de agujeros por los que tal vez él lograra colarse? ¿Acaso era posible que, mientras nos llevaba de vuelta al hotel, experimentase una sensación de alivio —la policía no tenía ninguna pista, ni siquiera sabían que Maria había visto a Christopher justo antes de su muerte— y estuviese convencido de que todavía era un hombre libre?

Un hombre libre. Que no tardaría en retomar su lento cortejo, que una vez más tenía todo el tiempo del mundo. María necesitaría consuelo y Stefano estaría en una posición idónea para proporcionárselo. Si era listo no denigraría demasiado a Christopher («Ese capullo tuvo su merecido»), sino que se mostraría amable, sensible, dispuesto a perdonarlo todo («Qué cosa tan terrible e incomprensible, un hombre en la plenitud de la vida, no, no le desearía a nadie una muerte así»).

Y si era paciente, si no forzaba demasiado las cosas (como era su costumbre, ese era su defecto fatal, aunque tal vez había aprendido algo por el camino), al final Maria le correspondería. Porque, por muy insustancial que hubiese sido la aventura con Christopher —y por lo que yo sabía no habían pasado más de una noche o dos juntos—, su muerte habría dejado un vacío en la vida de la chica. Donde antes había existido la fantasía del amor, de la escapatoria, la emoción de un hombre desconocido, ahora no había nada, una mujer no podía aferrarse para siempre a una fantasía así, sobre todo a una fantasía muerta.

Y entonces habría espacio para Stefano. Quizá ni siquiera tuviese que esperar mucho: una vez que se tomaba una decisión, si es que Maria tenía que decidirse, las cosas progresaban bastante rápido, quizá fuera por eso por lo que se había mostrado tan reticente, porque sabía que, una vez que cediera ante Stefano, el resto de su vida se vería delineado en un instante, todo su futuro sería desvelado. Era joven, resultaba natural que se rebelara contra semejante certeza.

Tanto si era culpable como si era inocente, yo sabía que Stefano estaba angustiado por lo que se avecinaba, una agonía que luchaba por ocultar, tenía esperanzas para el futuro, o quizá una única esperanza, que podría resultar ilusoria. Sin embargo, esa esperanza estaba más cerca que nunca, al alcance de su mano, un hecho del que no podía evitar ser consciente, y por eso, allí sentado en el coche, intentaba mantener un aire fúnebre apropiado a la situación —al fin y al cabo, había un hombre adulto llorando en el asiento de atrás— mientras una sinfonía de emociones se fraguaba dentro de él. Alargó la mano hacia atrás con un pañuelo de papel, que acepté en silencio y le ofrecí a Mark; este se sonó la nariz y dijo, dirigiéndose a mí, a Stefano: Gracias.

Dejé que fuese Mark quien se lo contara a Isabella. Subió a la habitación muy despacio —si caminaba lo bastante lento quizá nunca llegase a la planta de arriba, quizá nunca tuviese que enfrentarse a su mujer—, saltaba a la vista que aborrecía tener que informar a Isabella sobre la investigación, o mejor dicho, sobre la falta de investigación, todo el asunto en punto muerto, se notaba que temía su reacción, le montaría una escena, histérica, no aceptaría la noticia sin más. Abroncaría a Mark, el objetivo más cercano y más evidente, insistiría en que debía implicarse más en el asunto (lady Macbeth castigando a su señor), y sin embargo Mark había dicho: No hay nada que hacer, y yo le creí.

Pero ¿de verdad habían hecho todo lo posible, absolutamente todo? Una vez en mi habitación me entraron las dudas, así que descolgué el teléfono y marqué el número de la comisaría. Me pasaron con el jefe de policía de inmediato —no me identifiqué por teléfono, no hacía falta, ya sabían quién era, no había tantos estadounidenses por allí— y me contestó con un lacónico: ¿Sí? Le conté que tenía información que podía ser o no relevante, pero puesto que estaban buscando a una mujer, indicios de alguna aventura, o que hubiera habido…

¿Sí?

Se le notaba impaciente. Abrí la boca, pero no hablé. ¿Sí?, repitió. De forma abrupta, le conté que alguien había visto a Christopher en Cabo Tenaro con otra mujer. Tal vez me tembló la voz, o soné avergonzada. Me preguntó por qué no se lo había dicho antes y respondí que no había querido contárselo delante del padre de Christopher: Sigue haciéndose ilusiones acerca de su hijo que deberían mantenerse, ilusiones que yo ya no tengo, y el jefe de policía guardó silencio un momento y luego dijo: Entiendo.

Pero no se preocupe, añadió, ya sabemos lo de esa mujer, era una amistad informal, la dejó en Cabo Tenaro y allí se quedó. No hay marido, ni hermano ni padre, y la mujer tiene una coartada perfecta: otro hombre.

Me quedé callada. La policía era más competente de lo que había fingido ser, lo cual hacía que hubiese aún menos esperanzas de resolver el caso —había menos vías sin explorar, menos posibles soluciones—, pero lo que me había irritado más era la repentina información desvelada sobre la mujer, otra amante de Christopher, algo totalmente abstracto hasta ese momento pero que ahora estaba al borde de volverse concreto. Bastaba con preguntar y sabría más sobre ella, quizá incluso su nombre, ya sabía que estaba soltera, que no tenía padre ni hermanos, que vivía en Cabo Tenaro y era promiscua, al menos para ciertos estándares.

Los crímenes pasionales son algo que generalmente aparece en los libros. Y aunque por lo visto su marido —el jefe de policía hizo una pausa— llegó a mezclarse con la población local, no creo que haya ocurrido nada más que lo que parece.

Hubo otras, dije.

Se produjo un largo silencio.

Sí, dijo al fin. Pero se lo repito: no creo que haya ocurrido nada más que lo que parece, un atraco.

Colgué poco después. En cuanto solté el auricular, se encendió una luz roja parpadeante. Volví a descolgar, había un mensaje de Yvan, tendría que devolverle la llamada. Marqué su número y me contestó al instante.

¿Qué sucede? Te he dejado tres mensajes.

Lo siento.

¿Va todo bien?

Sí. Isabella y Mark están aquí, hemos tenido muchas cosas que hacer.

Claro, claro.

Creo que volveremos pronto.

¿Qué hay de la investigación?

No esperan encontrar al asesino.

¿Y cómo es eso?

No tienen pistas. No hay sospechosos, ni pruebas concluyentes… El jefe de policía vino a decirnos más o menos que la investigación estaba encallada, nos dijo que no nos hiciéramos demasiadas ilusiones.

Yvan no dijo nada y proseguí: En cierto modo sería más fácil si no llegase a conocerse el asesino, si Christopher hubiese sido víctima de las circunstancias y ya está. Si pudiéramos decir simplemente: ha sido por culpa de la situación.

Me detuve, pero Yvan continuó callado.

¿Sigues ahí?, pregunté incómoda.

Sí, sí, dijo. Sigo aquí.

Vale.

Continúa.

No hay nada más que añadir.

¿Qué vas a hacer?

No depende de mí, vaya, no creo.

Eres su viuda, dijo Yvan. Eres su mujer.

Me quedé en silencio.

No se lo has contado, ¿verdad?

¿Cómo iba a hacerlo?

¿Lo harás? ¿Y ahora ya qué importa?

No lo sé.

Legalmente, eres su esposa.

Legalmente, según determinadas leyes, pero según otras...

¿Qué otras leyes?

Me refiero a nuestras leyes internas, todos intentamos hacer lo correcto.

Y según esas leyes...

Dejaré que Isabella y Mark decidan. Aunque lo haré sin permitir que sospechen que no soy ni más ni menos que la esposa de Christopher, o su viuda.

Porque se sentirían heridos.

Porque yo... porque nosotros... Es lo mínimo que podemos hacer por ellos, claro. Se han hecho ciertas ilusiones que creo que tienen derecho a mantener –volví a utilizar la misma expresión–, bastante les han arrebatado ya, por ejemplo la ilusión de que, como padre, no tendrás que enterrar a tu hijo.

¿Esto tiene que ver con Christopher?

No te entiendo.

Me refiero a si lo haces por el bien de Christopher, no de Isabella y Mark. ¿Todo esto es por Christopher? Hizo una pausa. Christopher está muerto, los lazos de la promesa que le hiciste ya no existen.

Me quedé sin palabras. Fuera, un grupo de hombres estaba sentado en una de las tabernas, de cara al mar. Debía de ser más tarde de lo que pensaba, el sol empezaba a descender hacia el agua y los hombres bebían, quizá ya llevasen un rato bebiendo. Estaban lejos, demasiado para distinguir sus facciones; además, era poco probable que los reconociera, no había visto más que un puñado de personas en el pueblo, seguía siendo una forastera. Pero sí me llegaba el sonido de sus risas, se notaba que lo estaban pasando en grande.

¿Estás ahí?

Sí, dije.

Tenía razón, por supuesto. En *El coronel Chabert*, el relato de Balzac sobre un marido que regresa de entre los muertos —una obra que había traducido hacía tiempo, aunque no con especial éxito, no había sido capaz de encontrar el registro adecuado para captar la peculiar densidad de la prosa balzaquiana, suelo traducir novelas contemporáneas, que es algo totalmente distinto—, el coronel del título es dado por muerto en las guerras napoleónicas. Su esposa no tarda en volver a casarse, cree que de manera legítima, y se convierte en la condesa Ferraud. Entonces el coronel regresa, efectivamente, de entre los muertos, trastocando por completo la vida de la mujer, y ahí es donde empieza la narración.

Aunque el relato se pone de parte del coronel —la condesa es la malvada de la historia, suponiendo que haya un villano en esa novela, se la describe como inmadura, manipuladora y superficial—, mientras trabajaba en la traducción me di cuenta de que cada vez sentía más empatía por la condesa, hasta el punto de que empecé a preguntarme si ese sentimiento se traslucía en el texto traducido, si había cambiado la connotación de las palabras sin darme cuenta. Por supuesto, puede que mi actitud comprensiva no fuese tan peregrina, es posible que fuese la intención de Balzac, justo el efecto que deseaba causar en el lector: al fin y al cabo, qué destino tan terrible, ser infiel, cometer bigamia sin ser consciente de ello, todo eso estaba ya en el propio texto.

Quizá debido a esa preocupación –una preocupación que en el fondo es una cuestión de fidelidad, los traductores siempre se preocupan por ser «fieles al original», una tarea imposible porque hay múltiples formas, y a menudo contradictorias, de ser fiel, está la fidelidad literal y está la que trata de captar el «espíritu» del original, una expresión sin significado concreto–, me vino a la cabeza Chabert en ese momento. En ese caso, no era la llegada inesperada del marido sino su marcha inesperada la que conducía a una crisis de fe, la muerte en lugar de la vida lo que causaba el regreso de la relación no deseada, la reapertura de lo que antes se consideraba cerrado.

¿Acaso no era eso lo que temía Yvan? ¿Que nos hundiéramos bajo el peso de esos escombros? La línea entre la muerte y la vida no era impermeable, las personas y los asuntos persistían. El regreso de Chabert es en esencia el regreso de un fantasma –Chabert es el único que no se da cuenta de que es un fantasma, de que no pertenece al reino de los vivos, y esa es su tragedia–, un fantasma, o mejor dicho, un *homo sacer*: un hombre sin entidad a ojos de la ley. Chabert está legalmente muerto; el personaje principal del libro, después de Chabert y su traicionera esposa o viuda, es Derville, el abogado (el conde Ferraud –Yvan en esta situación– apenas está presente en el texto).

Pero aunque actuamos bajo la ilusión de que existe una única ley que regula el comportamiento humano –un estándar ético universal, un sistema legal unificado–, en realidad hay múltiples leyes, y eso era lo que intentaba decirle a Yvan. ¿No ocurría lo mismo en *Billy Budd*? El capitán Vere se ve atrapado entre dos leyes, la ley marcial y la ley de Dios. No hay modo de elegir correctamente, lo atormenta la muerte de Billy Budd, «Billy Budd», las últimas palabras del capitán agonizante (en la novela, me refiero; la ópera –cuyo libreto escribió E. M. Forster– deja con vida a Vere, Forster y Britten eligieron evitar el cliché operístico de otro cantante que cae de rodillas para morir en el último acto).

Solo cuando Chabert reconoce que su situación legal es distinta de su realidad vital –que nunca será nada más que un fantasma para la condesa, atormentando a los vivos cuando no debería–, solo cuando reconoce la multiplicidad de las leyes que gobiernan nuestro comportamiento, deja que lo releguen a un hospicio o asilo para locos, y por fin acepta su estatus de *homo sacer*. Chabert renuncia a los mismos derechos que ha permitido que obtenga Derville, es decir, el reconocimiento legal de su estatus como coronel y marido, y entonces su vida se cuela entre las grietas, deja de estar dentro de la legalidad, de ser reconocido por la ley; cesa de existir.

Sin embargo, era difícil pensar que Christopher fuera a morir una segunda vez. Y la ley parecía bastante clara al declarar el vínculo que había entre Christopher y yo. Estábamos casados, no podía haber dudas a ese respecto... Y al mismo tiempo no lo estábamos, igual que el coronel y la condesa no lo estaban, a pesar de lo que pudiera destapar o demostrar el abogado Derville. Y por eso, pese a las patentes diferencias, la vida pocas veces encuentra su plasmación exacta en una novela, y en realidad tampoco es ese el propósito de la ficción. Había similitudes entre ambas situaciones, una resonancia que era fruto del abismo entre la literalidad de la ley y la realidad privada. La cuestión era a cuál servir, cuál proteger.

Déjalo, dijo Yvan. No es el momento de hablar de estas cosas.

Uno de los hombres se había levantado de la terraza de la taberna y se había acercado al borde del malecón, tenía los brazos estirados y sostenía en alto una copa de algo. Los otros hombres lo jaleaban, quizá estuviera proponiendo un brindis o contando una historia, eran hombres en compañía de hombres, cada vez ocurría con menos frecuencia, había ocasiones especiales para eso —el partido de fútbol del domingo en el parque, la partida de póquer mensual—, pero no era lo mismo, en esos casos se trataba de algo demasiado dirigido, demasiado consciente. No veía a Christopher entre ese grupo de hombres del malecón, pero quizá había estado con ellos hacía apenas una semana, quizá había estado.

La figura que nos llama por señas desde una vida anterior —y más cuando esa vida ha acabado de verdad para siempre, cuando no es una cuestión de opciones reales, un matrimonio que pueda arreglarse, una vida que pueda restituirse, en un sentido u otro, sí o no— puede ser increíblemente persuasiva. Hay una razón por la que los vivos son perseguidos por los muertos: los vivos no pueden perseguir a los vivos del mismo modo. Cuando se trata de regresar junto a los vivos, a uno le recuerdan todos los motivos por los que sería mejor no hacerlo (o en la mayoría de los casos, como en el de Christopher y yo, apenas necesitas ese recordatorio). Pero con los muertos, que están confinados en un reino aparte, la cosa es distinta.

No, contesté, sí que deberíamos hablar. Deberíamos hablar antes de que sea demasiado tarde. Yvan se quedó callado un momento y luego dijo: De acuerdo. Hablemos.

11

Da igual lo que le dijera a Yvan, yo sabía que no iba a contarles a Isabella y Mark lo de nuestra separación. No porque quisiera proteger a Isabella, como le había dicho a Yvan, ni por lealtad hacia Christopher, como Yvan sospechaba, y tampoco porque hubiera hecho una promesa, a él o a mí misma o cualquier otro. Lo ocultaría por motivos más egoístas: porque quería fingir que las cosas eran como había hecho creer a todo el mundo, que no había habido separación alguna, ni desintegración de nuestro matrimonio, ni divorcio pendiente. Era el deseo de continuar existiendo dentro del espacio –de sentirme viva de forma repentina e inexplicable– de nuestro matrimonio.

¿Hasta qué punto llegué a comprender esos razonamientos entonces, durante los días que siguieron a la muerte de Christopher? Diría que, en aquella época, mis propias motivaciones me resultaban opacas. Actuaba a partir de sensaciones poco definidas –lo que solemos denominar «instintos» e «impulsos»–, al principio el único indicio de esa inmensa alteración de mis sentimientos hacia Christopher, hacia nuestro matrimonio, era el hecho de que el mundo de Gerolimenas, en el que yo era una embaucadora, y que por tanto era para mí irrisorio e insustancial, se hubiera convertido pese a todo en algo más concreto que cualquier otro lugar, como si el mundo se hubiese reducido a esa única aldea en esa península griega.

Una sensación que se acentuaba cada vez más conforme se acercaba el momento de volver a Inglaterra. No vi ni a Mark ni a Isabella hasta la mañana siguiente, a la hora del desayuno, con el mismo aspecto de siempre, o tal vez en una versión ligeramente más apagada de sí mismos. Isabella alzó la mirada cuando me acerqué a su mesa y entonces dijo, sin preámbulos: ¿Estarás lista para marcharnos mañana? Ni siquiera me había sentado. Aquí no hay nada más que hacer, y me gustaría llevar a Christopher a casa.

Se había puesto unas gafas de sol grandes, que no se quitó (es posible que quisiera ocultar unos ojos rojos e hinchados), y llamó al cuerpo por su nombre, llamó al cuerpo Christopher. Antes el cuerpo había sido «lo», algo sin nombre, una nimiedad que con todo era reveladora. Isabella había decidido marcharse y con eso había decidido también comenzar el duelo, comenzar a llamar a las cosas no como eran —un cadáver en descomposición—, sino como querías que fueran: tu hijo, todavía humano, todavía con nombre e intacto.

Isabella no dijo nada acerca de la investigación; sigo sin saber cómo habría logrado Mark convencerla de que no había nada más que hacer al respecto, algo contra lo que la naturaleza de Isabella se habría opuesto con todas sus fuerzas. Volvió la cabeza, inquieta. La decisión de dejar en suspenso la investigación —di por hecho que solo de momento, di por hecho que la batalla se reanudaría en cuanto hubiese regresado a Inglaterra, en cuanto se encontrase de nuevo en tierra firme— la había liberado en cierto modo, y vi que estaba preparada para irse, para ponerse en marcha y seguir adelante, en sentido literal.

Entonces continuó en voz baja, aún sin mirarme, a pesar de que ya me había sentado a su lado: Me gustaría visitar el lugar en que murió antes de irnos. No dijo el lugar donde lo mataron ni el lugar donde lo asesinaron, dijo «el lugar en que murió». Ya había empezado a enterrar los detalles concretos de su muerte, a maquillarla de alguna manera, no lo habían matado ni asesinado, había muerto. No confío en que sirva de mucho, continuó, pero me gustaría hacerlo. Y después no quiero volver jamás a este lugar.

Mark asintió, sin duda era algo que ya habían hablado, incluso alargó el brazo por encima de la mesa y la tomó de la mano. El deseo de hallarse en el lugar en el que habían matado a su hijo, un lugar como cualquier otro, la muerte reclamando su derecho en un insignificante trecho de carretera. Isabella convertiría ese paisaje sin sentido en otra cosa, era un acto en recuerdo de su memoria, quería que las cosas se transformaran en algo que no eran. El vacío de la muerte resulta demasiado difícil de soportar, al final apenas lo conseguimos durante un día, una hora, desde que acontece el fallecimiento.

Había también cierto egoísmo interesado no solo en el duelo de Isabella, sino en cualquier duelo, que en el fondo no tiene que ver con los muertos, sino con aquellos que dejan atrás. Se producía un acto de fijación: los muertos se convertían en algo fijo, sus vidas internas dejaban de ser el misterio irresoluble e insondable que habrían sido en el pasado, en cierto modo sus secretos dejaban de tener interés.

Era más fácil llorar una cantidad conocida que una desconocida. Por el bien de la conveniencia, creíamos en la totalidad de nuestro conocimiento, incluso protegíamos esa ilusión. Si en un momento dado nos topásemos con un diario en el que se hubieran plasmado los pensamientos más íntimos de la persona fallecida, nos contendríamos antes de leerlo, la mayor parte de nosotros no lo abriría, sino que lo devolvería al lugar en el que descansaba sin tocarlo apenas, incluso verlo nos resultaría un horror. De ese modo, pensé, convertimos a los muertos en fantasmas.

No sé dónde está el sitio, dije al fin.

Mark ha llamado a un taxi, dijo Isabella. Se volvió hacia él y le apretó la mano, saltaba a la vista que las cosas entre ellos habían mejorado. Podemos marcharnos por la tarde, después de comer. Nuestra última comida en este restaurante tan repulsivo, debo decir que no lo echaré de menos. Y aunque yo también había expresado un pensamiento similar, al instante lamenté que Isabella lo hubiese dicho, después de todo su hijo había elegido ese hotel, era una de las últimas cosas que había hecho. Volvió a mirar a Mark y entonces se inclinó hacia delante. A continuación me apretó la mano y dijo: Por supuesto, nos ocuparemos de ti. Todo será para ti.

Creo que al principio no lo entendí; o mejor dicho, una parte de mí sí lo entendió, todo el mundo comprende la frase «Nos ocuparemos de ti», al igual que la frase «Todo será para ti», todo es todo. Pero otra parte de mí siguió confundida, había cambiado de tema de forma tan repentina, o quizá era que mi mente se mostraba testaruda, se negaba a comprender. ¿A qué se refería con todo? Estaba el apartamento, del que Christopher había dicho, cuando empezamos a hablar de la separación y casi de pasada: Deberías quedarte con el piso, llegado el caso.

Sin embargo, no había querido registrarlo, aunque ya era consciente de que llegaría el caso… Ni siquiera sabía a qué se refería Christopher con «quedarte», si se refería a que debería quedarme mientras él encontraba otro lugar en el que vivir, que era lo que de hecho había ocurrido, solo que yo también me había mudado poco después de su marcha, dejando el lugar vacío. O si se refería a que debía quedarme con la propiedad del piso, que era de lo que hablaba Isabella, lo que quería decir con ese «Nos ocuparemos de ti» y con «Todo será para ti», no se refería a efectos personales, recuerdos o memorias, hablaba de dinero.

Aparté mi mano de la de Isabella. Cuando nos casamos, Christopher insistió en que ambos hiciéramos testamento, un paso morboso y que a mí me pareció algo inusual, aunque sabía que era muy común, muchos de nuestros amigos habían hecho acuerdos similares después de la boda. Las bodas siempre hacían que la mente se plantease todas las posibles eventualidades, y esos documentos actuaban como salvaguarda contra esas eventualidades, a menos, claro está, que provocaran que esas eventualidades se hicieran realidad, el acuerdo prematrimonial que llevaba de forma casi directa al divorcio, el testamento que llevaba —como en ese caso— a la muerte, una muerte terriblemente prematura e imprevista.

¿Habrían leído ya Mark e Isabella el testamento de Christopher? ¿Era eso lo que él quería, que todo fuese para mí, o acaso había pedido cita —el día que se marchó de casa o incluso antes— con su abogado para decirle: Las circunstancias han cambiado, me gustaría modificar el testamento, quiero cambiar las condiciones o el beneficiario? O quizá se le hubiera pasado por la cabeza el pensamiento, pero no lo hubiese llevado a cabo, el asunto no era muy urgente... Al fin y al cabo, ¿a quién iba a dejarle el dinero? No teníamos hijos, él no tenía hermanos, sus padres ya eran bastante acaudalados.

Sin embargo, si había cambiado el testamento, quizá el abogado —Christopher había recurrido al abogado de la familia, los dos lo habíamos hecho, un hombre de confianza— ya se lo hubiera comunicado a Mark e Isabella; sin duda Mark lo habría telefoneado al enterarse de la noticia de la muerte de Christopher, lo habría llamado luego una segunda vez para pedirle consejo sobre la investigación, y en ese momento el abogado le habría dicho: Christopher me llamó hace un mes, hace dos meses, quería cambiar el testamento. El matrimonio se había separado, o estaba al borde de la disolución. Suponiendo que Isabella y Mark lo hubiesen sabido todo este tiempo, ¿cómo iba a explicarme ante ellos?

Christopher me telefoneó antes de salir de viaje, continuó Isabella. No te lo dije porque no me pareció relevante. Ahora, por supuesto, me pregunto si hice bien. Me dejó un mensaje para decirme que tenía algo importante que contarme.

Isabella habló en tono interrogante, tanteando el terreno. Fui incapaz de mirarla. Christopher debió de decidir contarle a su madre que nos habíamos separado. Me recosté en el asiento: aquello me disgustó más de lo que habría creído probable o incluso posible, así que para él todo había acabado de verdad, sin esperanza de reconciliación ni solución. Supongo que debí de ruborizarme o respirar de forma extraña, me notaba a punto de echarme a llorar. De pronto, Mark se inclinó hacia delante y me preguntó si necesitaba agua, sacudí la mano para indicar que no. Vi que intercambiaba una mirada con Isabella.

Ella carraspeó.

Claro, al principio nos preguntamos si estarías embarazada, dijo Isabella. En su mensaje decía que tenía algo importante que contarme. Y como tú no ibas a viajar con él…

La miré con estupefacción. No podía evitar seguir mirándome con esperanza, era otra pregunta implícita en una frase afirmativa: «Murió amado», «Nos preguntamos si estarías…». No respondí de inmediato: estaba demasiado sorprendida, aunque no debería haber sido así, ¿qué otra cosa espera una madre, cuando su hijo se casa, salvo que tenga descendencia? El horror de las expectativas ajenas… Y, sin embargo, comprendía esa esperanza irracional, que se habría reforzado por la muerte prematura de Christopher, su único hijo.

Sus ojos seguían clavados en mi rostro, era una pura fantasía o un desvarío, una idea que se le había pasado por la cabeza —«Algo importante que contarte», al igual que «Nos ocuparemos de ti», es una frase que parece tener un único significado, hasta que resulta que no es así— y que después había enraizado. En su mirada había sombras de avaricia y desconfianza, yo poseía algo que ella deseaba, una semilla de información (¿estaba embarazada o no?) o incluso una semilla embrionaria literal, ese nieto con el que tanto había fantaseado. Yo era su esperanza, la esperanza de que algo podía redimir todavía el desdichado infierno de su único hijo, asesinado sin sentido, yo era la posibilidad de una continuación que no revertiría la muerte de su hijo, pero que a pesar de todo, en cierto modo, serviría para mitigarla.

Así todo iría muchísimo mejor. Un nieto, el hijo de Christopher. El niño en el que las facciones del propio hijo se harían visibles, una especie de resurrección. Además —el pensamiento elaborado dentro de la fantasía desde el principio, parte integral de su atractivo, tal como Isabella habría reconocido ante sí misma, pero no ante nadie más—, así el dinero, no solo el dinero de Christopher sino también el de ellos, todo su dinero, iría a parar a un descendiente, alguien a quien podrían llamar heredero con propiedad. No había otros descendientes y yo no era más que un callejón sin salida, sin duda volvería a casarme (sin duda volvería a hacerlo).

No culpé a Isabella por hacer unos cálculos tan crueles —no la culpé, pero la creí capaz de hacerlos—, me parecía natural, tal vez yo habría sentido lo mismo. Y deseé poder decirle que sí. Por un breve instante, me resultó tan incomprensible como lo era para Isabella: Christopher había desaparecido y no quedaba nada, ningún vestigio material —que es lo que son los hijos, en cierto sentido—, nada salvo una red de emociones, que palidecería con el tiempo.

No estaba embarazada. El dinero no pasaría de sangre a sangre. Isabella y Mark repartirían su dinero entre distintas organizaciones benéficas.

No estoy embarazada, dije.

Asintió, era tal como suponía Isabella, al fin y al cabo, no había sido más que una esperanza, una ilusión. Bajó la cabeza. Mientras la observaba, vi cómo la sospecha se adentraba en sus ojos: a toda velocidad, como si la emoción ya se estuviera gestando, como si la tuviese a mano. Podría habérselo contado entonces –la idea ya se le había medio ocurrido a ella, era una mera sospecha, pero el germen ya había brotado, si no estaba embarazada, entonces ¿qué era lo que Christopher había tenido que contarles?–, se habría disgustado pero quizá no sorprendido del todo. Habría sido cuestión de realizar otro ajuste terrible, pero después del ajuste de la muerte, la idea de que su hijo ya no estuviera vivo ni en este mundo, ¿importaría tanto este segundo reajuste, importaría siquiera algo?

Vacilé… Las palabras eran bastante sencillas, no me habría costado decirlas: «Christopher y yo nos habíamos separado, por eso no lo acompañé a Grecia», pero al mismo tiempo era imposible decirlas, me resultaban repulsivas, una verdad que ya no soportaba articular. Habría preferido inventar una ficción perpetua, una realidad alternativa: Lo cierto es que nos habíamos planteado tener un hijo, pero Christopher estaba demasiado enfrascado en su libro, estaba a punto de terminarlo, en cuanto hubiese acabado de escribirlo nos pondríamos a intentarlo en serio.

Isabella apartó la mirada bruscamente.

Es terrible pensar que Christopher no dejó nada.

Está su obra, dije. Le faltaba tan poco para acabar el libro… Vino a Grecia solo porque necesitaba concentrarse en la escritura, siempre avanzaba mucho más cuando estaba solo.

Está su obra, repitió Isabella.

Podríamos crear una fundación con el nombre de Christopher.

Isabella resopló.

¿Una fundación para qué? Creo que estoy cansada de fundaciones y becas. En realidad, nunca conmemoran a la persona. Ya hablaremos de esto más adelante, continuó Isabella tras una breve pausa. Solo quería que supieses que tu situación no será en absoluto precaria, supongo que no ganarás demasiado con tu trabajo, pero el dinero es lo último de lo que deberías preocuparte en estas circunstancias.

Y entonces vi que ocurría lo contrario de lo que había imaginado con anterioridad, el vínculo entre nosotras no iba a disolverse sin más, sino que persistiría durante algún tiempo. Había asuntos materiales que nos relacionaban, como partes dolientes, aunque no hubiese nietos de por medio. Habría comidas con Isabella y Mark, llamadas telefónicas, el dinero que me estaban ofreciendo y que en rigor no me correspondía. Todo eso formaba un eslabón en una cadena que no se podía romper, durante todo el proceso yo interpretaría el papel de viuda doliente. Un papel que ya había empezado a interpretar: la versión legítima de lo que yo era, mi dolor, mis emociones, con la etiqueta y el envoltorio adecuados.

Pero en realidad mi duelo no tenía casa, y seguiría sin tener dirección. Siempre sería consciente de la distancia entre las cosas tal como eran y las cosas tal como deberían haber sido, siempre temería que la verdad asomara su rostro y se reflejara en mí, en mi manera de hablar de Christopher, nunca dejaría de recordar que mi amor real había sido inferior a ese amor más fuerte y ideal, uno que habría sabido sustentar el matrimonio, incluso ante las infidelidades de Christopher, un amor que podría haberle salvado. Yo habría podido ser más sacrificada, habría podido mostrar la clase de amor que Isabella habría esperado de mí, que Isabella seguía esperando ver en la esposa de su hijo.

Cuántas veces nos ofrecen la oportunidad de reescribir el pasado y por tanto el futuro, de reconfigurar nuestra persona actual: ¿una viuda en lugar de una divorciada, fiel en lugar de traidora? El pasado está sujeto a toda clase de revisiones, no puede considerarse un campo estable, y cada alteración del pasado dicta una alteración en el futuro. Incluso un cambio en nuestra concepción del pasado puede resultar en un futuro diferente, distinto del que habíamos planeado.

Nos levantamos de la mesa poco después. El coche viene a buscarnos dentro de media hora, dijo Isabella. Y mañana iremos a Atenas y regresaremos a Londres, ya he reservado los billetes. Mark ha contratado al chófer que os llevó ayer… Stefano, creo que se llama. Me detuve, me parecía imposible que de todos los taxistas de la zona fuese precisamente Stefano quien nos llevase al lugar donde había muerto Christopher, puse una mano en el brazo de Isabella.

¿Qué ocurre?

¿Te importaría pedirle a Mark que llame a otro chófer?

Pero ¿por qué? Creía que ya habías usado sus servicios.

Preferiría que nos llevase otro chófer. Ese me hizo sentir –dudé, no sabía exactamente qué decir– incómoda.

Dije lo más adecuado, una palabra que no explicitaba nada pero que insinuaba mucho; al instante Isabella se mostró comprensiva, entrelazó su brazo con el mío. Sí, por supuesto, contestó. Para una mujer es difícil moverse sola, los hombres pueden ser un incordio. Mark pedirá otro conductor. En cuanto lo dijo, me di cuenta de que Stefano interpretaría la cancelación como una confirmación de sus sospechas, Mark era lo que parecía, otro xenófobo en su país. Tampoco podía esperar que mi invención –aunque había una parte de verdad, en realidad ahora Stefano sí me hacía sentir incómoda– disuadiera a Mark de su tendencia a tener prejuicios.

Con todo, significaba que Stefano no nos llevaría, y eso era lo importante, no quería volver a ver a ese hombre. Salimos de la terraza del restaurante. Cuando entramos en el vestíbulo del hotel, una peculiar expresión cruzó el rostro de Isabella, y me la quedé mirando un momento, perpleja. Tenía los ojos fijos y había fruncido los labios, parecía turbada y estaba pálida, casi como si hubiese visto un fantasma.

Me volví para comprobar qué miraba. El vestíbulo estaba vacío, la única persona allí era Maria, de pie detrás del mostrador y mirándonos directamente, no la había visto desde que habían encontrado el cuerpo de Christopher. Me percaté de que no me miraba a mí sino a Isabella, con una intensidad que debía de resultarle desconcertante a esta, quien por supuesto no sabía absolutamente nada de Maria ni de su relación con Christopher, quien no podía saber que cuando Maria la miraba no veía a una mera clienta del hotel, otra visitante de la zona, sino a la madre del hombre al que había amado.

Y al igual que Stefano debía de haber visto en Mark al fantasma del propio Christopher, Maria debía de haber visto en Isabella la versión feminizada y por tanto pervertida de su amante extranjero, debía de haberle resultado inquietante ver a Christopher en las curvas suaves y femeninas de la cara de Isabella, los mismos ojos con la misma mirada insistente. Continuaron mirándose la una a la otra, pero advertí que la expresión de Isabella cambiaba de la perplejidad a otra de vago desdén y desprecio, quizá considerase que Maria era demasiado descarada.

Aunque, no sé por qué, no me pareció que fuese por eso, porque Isabella continuó mirando a Maria con una expresión de desconfianza demasiado acusada para tratarse de una desconocida, empecé a sospechar que de algún modo había logrado percibir (la intuición de una madre) la naturaleza de la relación entre Maria y Christopher, la razón de la fijeza con que la chica la estaba mirando. Era como si Maria fuese incapaz de apartar la mirada, como si ver a Isabella resultara demasiado fascinante.

Isabella se ruborizó y apartó la vista. Expresó su desaprobación de manera audible: Qué modales tan extraños los de esa mujer, y entonces me tranquilicé, había sido todo fruto de mi imaginación, ¿cómo iba a adivinar Isabella el vínculo existente entre Maria y Christopher, que hacía menos tiempo que había intimado con esa joven severa de la recepción del hotel que conmigo, su esposa, con quien hacía meses que no mantenía relaciones?

Continuó: Esa es la clase de mujer que le habría gustado a Christopher. Me sobresalté, y a mi pesar me impresionó que conociera tan bien a su hijo, mucho mejor que yo, ¿cuántas veces había visto yo a Maria antes de verla de verdad? Isabella me miró con expresión inquisitiva, como si simplemente estuviéramos comentando las peculiaridades de un amigo común, me encogí de hombros y le dije que no lo sabía, no sabría decir, era evidente que esa mujer y yo no teníamos nada en común. Volvió a echar un vistazo preocupado a Maria y luego apartó la cara, como si el asunto hubiese quedado zanjado.

Y zanjado había estado, hasta que Isabella había vuelto a entreabrir esa puerta y había husmeado indiscretamente, aunque fuese por un momento. Apretó la mandíbula mientras se dirigía hacia las escaleras, como diciendo: Basta, se acabó, y vi que su duelo era un acto de voluntad, igual que todo lo que concernía a Isabella. Dijo que Mark le pediría a la recepcionista que llamase a otro chófer, me preguntó si estaría lista para salir en una hora y le contesté que sí, que me reuniría con ella y con Mark en el vestíbulo.

12

Nos mandaron a otro chófer para acompañarnos durante el trayecto. Mark no dio muestras de sorpresa cuando su esposa le pidió que hiciera el cambio, era cierto que el anterior encuentro con Stefano no había sido muy agradable, de hecho «incómodo» era la palabra exacta para describirlo. Mark no era el tipo de hombre al que le gustase montar escenas, y eso era lo que había hecho precisamente en el asiento trasero del coche de Stefano.

Sin duda no tenía intención de repetir la experiencia. Se sentó delante con actitud abstraída y en cierto modo digna, sin mirar al chófer, que ni siquiera nos había dicho su nombre. Isabella y yo nos sentamos detrás. No había habido discusión acerca de si alguna de nosotras queríamos montarnos delante, junto al conductor, el natural instinto caballeroso de Mark se había impuesto, como si Isabella y yo necesitásemos que nos protegiera del chófer, de la incomodidad de sentarse junto a un desconocido.

Mientras salíamos del recinto Mark le preguntó si sabía adónde nos dirigíamos y el hombre dijo que sí, Kostas se lo había explicado, conocía el lugar. Como si fuéramos a un restaurante local o a una atracción turística de la zona. Isabella miró por la ventanilla con expresión tensa y perpleja, seguía sin poder comprender qué había llevado allí a su hijo, era algo que nunca dejaría de desconcertarla, por mucho tiempo que pasase en Grecia, tanto si veía el lugar de su muerte como si no. En ese sentido hacía bien en marcharse, no había nada allí que pudiera darle información o ayudarla a comprender. Oí que Mark le decía al chófer: Queremos ver el sitio en el que murió nuestro hijo. Sigo sin saber por qué dijo eso, no era el tipo de hombre propenso a hacer confidencias semejantes ante los desconocidos, no tenía el impulso de buscar congraciarse, ni era un hombre dado a hablar por hablar. Pero, aunque el conductor no respondió, aparte de un ligero asentimiento con la cabeza para indicar que lo había oído −costaba incluso discernir cuánto inglés sabía, el hombre apenas había pronunciado una palabra, era posible que no hubiese entendido lo que le había dicho Mark, esa afirmación fantástica−, Mark continuó casi sin pausa: Es algo que tenemos que hacer antes de marcharnos, y el conductor asintió de nuevo, como para indicar que lo entendía, que estaba de acuerdo.

Saltaba a la vista que al chófer se le daba bien escuchar, era un experto de los silencios, quizá fuera algo necesario en su oficio, aunque según mi experiencia eran siempre los taxistas los que intentaban entablar conversación, los que trataban de desahogarse, ¿no había ocurrido así con Stefano, al menos cuando me había llevado a mí? Después de un breve silencio entre los dos hombres, el chófer le dijo a Mark, en un inglés casi intachable: Esas cosas son importantes. Una frase hueca y sin embargo Mark asintió, con los ojos brillantes, como si el conductor hubiese dicho algo profundo, tremendamente empático.

Tal vez Mark quisiera compartir su pena con alguien que no fuésemos Isabella ni yo –un desconocido, que no tiene que cargar con su propio duelo, junto al cual no estás obligado a aguantar el tipo, puede ser de más consuelo que las personas que se hallan contigo en la trinchera del dolor–, o quizá estuviera disfrutando del contacto con otro hombre, él era un hombre al que le gustaba estar entre hombres y estaba llorando la pérdida de su hijo, antes eran ellos dos más Isabella, y ahora estaba él solo en el matrimonio. Mark continuó: ¿Sabe que mataron a mi hijo? Y el taxista asintió una vez más: Sí, qué terrible. Dijo que tenía dos hijos, no podía imaginarse nada peor en este mundo.

Mark se giró hacia el chófer. Podríamos quedarnos más tiempo, pero ¿de qué serviría? Nuestros abogados dicen que podemos seguir presionando a la policía desde Londres. Se abrirá una investigación en Inglaterra, el gobierno británico se involucrará… Al fin y al cabo, han asesinado a un ciudadano británico, el caso despertará cierto interés. Pero eso no hará que nos devuelvan a Christopher. Ni siquiera tiene por qué servir para encontrar al hombre que lo mató. Hizo una pausa. La incompetencia de la policía griega es algo que escapa por completo a mi comprensión.

No tenemos motivos para quedarnos. Pero al mismo tiempo, es duro pensar en marcharnos, es duro irnos sin sentir que en parte estamos abandonando a Christopher… nuestro hijo, se llamaba Christopher. Nos lo llevamos de vuelta, lo enterraremos en Inglaterra. Pero a pesar de todo, me siento como si lo dejásemos aquí abandonado, aún quedan asuntos por resolver. Isabella seguía mirando por la ventanilla, como si no oyese ni una palabra de lo que decía Mark, quizá se hubiera acostumbrado a no escuchar a su marido. Supongo que los vivos siempre se sienten así, dijo Mark, todo lo que haces es una traición.

Esa opinión me pareció aún más íntima que todo lo que le había dicho ya a aquel hombre, tenía la naturaleza de una confesión. Miró la carretera de delante, y el chófer hizo lo mismo, dos hombres mirando la carretera. Al cabo de un breve silencio —el conductor siguió callado, como si por fin Mark hubiese logrado confundirlo—, Mark giró la cabeza para mirar por la ventanilla lateral.

Era la primera vez que me adentraba tanto en el interior, atravesamos varios pueblos y luego enfilamos un largo trecho de carretera vacía. Había arbustos abrasados a ambos lados de la calzada de un solo carril, y entre ellos se alzaban cúmulos de cactus calcinados, con los brazos caídos y medio derretidos. Por entre la tierra ennegrecida empezaban a asomar pequeños brotes verdes, aunque no era la estación propicia para que creciese nada, una prueba más de toda aquella locura. Podría haber sido en un lugar como ese, entre dos pueblos, un paseo vespertino, Christopher era dado a hacer cosas así.

El chófer carraspeó. Debía de haberse puesto nervioso con el discurso de Mark, debió de percatarse de que estaba fuera de lugar, de que no encajaba con los modales tensos y estirados de aquel inglés, esa fachada de piedra desmoronándose a causa del dolor. Se había limitado a decir la simple verdad cuando había reconocido que no podía imaginárselo: la pena, la pérdida del hijo. Estamos cerca, dijo, casi a regañadientes.

Isabella se puso tensa, todo su cuerpo se quedó rígido de pronto. En el asiento de delante, Mark volvió a hablar, como si no hubiese oído al chófer, como si quisiera negar o al menos posponer el significado de sus palabras, le habría gustado continuar en marcha, a ser posible durante horas. Ningún padre espera sobrevivir a su hijo, dijo, es algo que va contra la naturaleza. Pero mientras lo decía, el conductor frenó y nos detuvimos a las afueras de una pequeña aldea, y entonces Mark dejó de hablar. Sin el ruido del motor, se produjo un silencio repentino. Isabella se removió en el asiento.

¿Es aquí?

Lo dijo con voz dura y reprobatoria, sonó como si un agente inmobiliario incompetente le estuviese enseñando una propiedad muy por debajo de sus posibilidades, lo siento pero esta casa no me convence, no se ajusta en absoluto a mis necesidades. Pero no podía haber casa lo bastante grande para albergar su dolor, con un movimiento abrupto se desabrochó el cinturón de seguridad y salió del coche. Mark permaneció sentado delante, con las manos en el regazo, no miró a Isabella, quien una vez fuera apoyó la mano sobre el techo del vehículo. El chófer también abrió la puerta de su lado y salió. Entonces Isabella se apartó del coche.

¿Cómo sabe que fue justo aquí?

El chófer desvió la mirada. El tono de Isabella era imperioso, como si el duelo fuese una industria de servicios como cualquier otra, su experiencia del duelo no estaba cumpliendo sus expectativas, le gustaría hablar con el encargado. Dentro del coche, Mark tomó aire –una inspiración ruidosa y áspera, el hombre intentaba reunir valor– y después abrió la puerta y salió. Al cabo de un momento lo seguí, no podía quedarme dentro, aunque me habría gustado.

¿Está seguro de que fue en este lugar?, insistió Isabella.

Entonces el chófer asintió con la cabeza: Sí, es aquí, sin duda. Me pregunté si aquel hombre, igual que Stefano, había pasado por casualidad por ese lugar aquella mañana, si él también había visto el control de carretera y el coche patrulla, tal vez incluso el cuerpo, o lo que estuviera visible de él, «las piernas bajo la manta, los pies torcidos hacia fuera. Esa carretera es la ruta más rápida entre los dos pueblos», solo en esa mañana debían de haber pasado circulando por allí como una docena de personas.

Me volví hacia Mark e Isabella, no se habían alejado mucho, se hallaban a unos veinte pasos de mí. Estaban juntos, contemplando la extensión de tierra ennegrecida. El horizonte estaba plagado de cables de teléfono y casuchas abandonadas y bidones de gasolina oxidados, un conglomerado de edificios de hormigón achaparrados. Mark e Isabella permanecían inmóviles, no se tocaban pero estaban físicamente cerca, en cierto modo era el momento de mayor intimidad que recordaba haber visto de ellos desde su llegada a Grecia, es más, que recordaba haber visto de ellos en los últimos años.

Y al mismo tiempo no parecía que fuese un momento de reconciliación, y mucho menos de cierre de las heridas, parecían una pareja de ancianos que se hubieran perdido en un país extranjero y que no pudieran confiar en el otro para encontrar el camino, a eso seguiría una pelea terrible, uno de los dos se alejaría sin mirar atrás, el otro se quedaría metido en el coche, sacudiendo un mapa en la mano, impotente. ¿Cómo hemos llegado a esto? ¿Qué hago yo aquí? Miraron la tierra negra y la vegetación achicharrada o marchita, tal vez tuviesen la esperanza de que el lugar pudiera darles alguna pista, pero allí no había nada, era un lugar como cualquier otro, no había nada que pudieran esperar averiguar de él.

Los observé mientras se alejaban, tambaleándose —Isabella se agarró del brazo de Mark para mantener el equilibrio—, de la carretera y entraban en el campo. De repente los vi mucho mayores, como si el lugar y no solo la muerte de Christopher los hubiese hecho envejecer, y por un momento habría creído que el lugar estaba encantado, que un espíritu maligno les había robado la vida, había tantas historias de ese estilo en Grecia, era parte de su tradición. Entonces recordé que eso era lo que había llevado a Christopher a Mani: a pesar de lo que Isabella había dicho, «Seguro que fue por una mujer, Christopher era incapaz de mantener la polla dentro de los pantalones», el culto a la muerte era lo que le había llevado allí.

Era casi como si hubiese ido a ese lugar para morir. No era un suicida, Christopher nunca se hubiera quitado la vida. Pero había ido a Mani en busca de signos de muerte, de sus símbolos y rituales, sus oscuros vestigios, había mirado ese paisaje y lo había convertido en un patrón de ritos para los muertos y los moribundos. ¿Cómo no iba a haber pensado en su propio final en medio de sus especulaciones sobre la muerte en general? ¿Cómo no iba a ocurrírsele esa posibilidad? Era imposible contemplar sus últimos días sin ver el paño mortuorio que lo cubría todo, incluso sus escarceos —una costumbre irreprimible forjada a lo largo de toda una vida— empezaban a parecer una vana protesta contra el final, que era inminente.

Después de cierta edad, es una cuestión de unas pocas décadas, dos o tres si tienes suerte, un tiempo que pasa en un suspiro. Y al sentir la presencia de la muerte, ¿cómo habría contemplado Christopher el estado de nuestro matrimonio? Aun cuando no se arrepintiera de la separación, tal vez se hubiera mostrado susceptible al sentimiento que ahora experimentaba yo, que ya éramos viejos para empezar de nuevo. Christopher era ocho años mayor que yo. ¿Qué había visto, cuando estaba allí, en esos momentos finales? Tal vez nada... Tal vez solo hubiera sido un lugar como otro cualquiera, las circunstancias totalmente normales, hasta el instante del impacto cegador contra la nuca.

Miré alrededor. El sentimiento había desaparecido, no parecía el lugar en el que hubiera muerto un ser querido, no tenía ese punto de intimidad —a diferencia de la cama en la que dormía nuestro ser querido, el escritorio en el que trabajaba nuestro ser querido, la mesa en la que cenaba nuestro ser querido, esas cosas sí tenían un punto de intimidad, inmediato y adquirido sin esfuerzo—; al contrario, no era más que un tramo desolado de carretera, desolado pero no lo suficiente, a lo lejos se veía la aldea, entrecruzada por cables telefónicos, había basura entre los arbustos calcinados, a nuestros pies se acumulaban latas de cerveza aplastadas y colillas.

Bajé la mirada hacia esas colillas, todas parecían bastante nuevas, el papel del cigarrillo apenas amarilleado, estaban por todas partes, cubrían todo el suelo. Era extraordinario que la gente pudiese estar en medio de ese paisaje abrasado y tirar una colilla —quizá todavía encendida, vete a saber— al suelo. Tal vez considerasen que el paisaje estaba tan destruido que no había nada que conservar, era cierto que allí no quedaba nada, de hecho era inexplicable que alguien se hubiese quedado allí el tiempo suficiente para fumarse un cigarrillo, inexplicable que alguien estuviera plantado al borde de esa carretera. Ni siquiera nosotros, nuestro motivo para estar allí... se volvía más indefinido a cada minuto que transcurría.

Alcé la mirada hacia los padres de Christopher. Recordé cuando me los habían presentado, yo no había conocido a Isabella y a Mark hasta que Christopher y yo estuvimos comprometidos, y a esas alturas Christopher ya me había contado muchísimas cosas sobre ellos, casi ninguna buena. Al principio apenas me hablaba de ellos y luego de repente tenía muchísimas cosas que contar sobre sus padres y su matrimonio, quizá porque entonces se disponía a casarse él también —ya no era joven cuando nos casamos, había conseguido posponerlo durante bastante tiempo—, o sencillamente porque esa caja en cuestión, ese depósito, el de los sentimientos de Christopher hacia sus padres y hacia Isabella en particular, una vez abierto, era difícil de cerrar, tenía que seguir vertiendo su contenido siempre un poco más.

Así pues me entró aprensión, incluso más de la que cabría esperar en tales circunstancias —y eso que conocer a los futuros suegros nunca se considera una situación fácil—, aunque confiaba en que no fuese tan mal como lo pintaba Christopher, él mismo había declarado: Es probable que te caigan de maravilla, son encantadores, como si fuese una traición hacia él que yo ya hubiese cometido. Pero no me cayeron bien, y tampoco me parecieron especialmente encantadores, y esa tensión se había manifestado en mi relación con ellos desde entonces. Recuerdo estar sentada a la mesa enfrente de ellos —una de esas muchas cenas interminables, después de presentármelos la cena mensual con Isabella y Mark pasó a ser una cita includible, que se impuso sin discusión y casi sin darme cuenta, algo que nunca habría previsto al principio de nuestra relación— y pensar que deseaba con todas mis fuerzas que nuestro matrimonio, el de Christopher y el mío, no acabase siendo así.

Digo que lo deseaba, cuando en realidad estaba absolutamente convencida, parecía imposible que nosotros fuéramos como Isabella y Mark, no podía concebir un futuro que produjera un resultado tan funesto. Al final resultó que tenía razón, lo nuestro no había acabado como la relación de Mark e Isabella, aunque no por las razones que pensaba entonces. En aquella época, yo era como cualquier persona joven que observa a un anciano —a pesar de que ya no era tan joven, y Christopher todavía menos— y como cualquier persona que no puede creer que llegará el día en que envejezca, y menos aún el día de su muerte, no concebía que nuestro matrimonio pudiera convertirse en su matrimonio, y menos aún desmoronarse por completo.

Y sin embargo así había sido, al cabo de cinco años. Cinco años: una fracción del tiempo que había durado el matrimonio de Isabella y Mark, que había perdurado, que seguía perdurando ahora mismo. Estaban plantados a poco más de un palmo de distancia entre ellos, y su matrimonio seguía acumulando horas, prolongándose minuto a minuto. Puede que hubiese sido un matrimonio horrible, construido sobre la base de la traición –aunque qué significaba en realidad la palabra «horrible», había traiciones que parecían imperdonables desde fuera y que no obstante eran perdonadas, y había formas de intimidad que no parecían en absoluto hacer justicia a su nombre–, pero, a pesar de todo, era un matrimonio.

Por el contrario, el mío había terminado… dos veces. No era de extrañar que entonces, al mirar a los padres de Christopher, viera su matrimonio con ojos nuevos. Me parecía increíble que en otro tiempo lo hubiese contemplado con desdén, la palabra sonaba demasiado fuerte pero aun así era precisa, esa era la verdad. Uno de los problemas de la felicidad –y yo había sido muy feliz en la época en la que Christopher y yo nos habíamos comprometido– es que te vuelve engreído y poco imaginativo. Ahora miraba el matrimonio de Isabella y Mark y era consciente de que no comprendía nada, ni sobre ellos ni sobre el matrimonio en general, ellos sabían cosas que Christopher y yo no habíamos tenido tiempo, o no nos habíamos tomado la molestia, de averiguar.

Isabella se volvió abruptamente y regresó al coche. Creo que ya hemos terminado, dijo. El chófer asintió con la cabeza e Isabella se montó en la parte de atrás. Tenía la espalda rígida y, cuando se quedó mirando fijamente el reposacabezas del asiento del conductor, vi que tenía los ojos vidriosos por las lágrimas. Hizo una mueca, como si no tuviese la menor intención de permitir que la pena le arrebatara lo mejor de sí misma, luego enderezó los hombros y dijo: ¿Mark? ¿Vienes o no? Me gustaría irme, no quiero pasar más tiempo aquí.

Mark hizo un gesto al chófer y ambos subieron al vehículo. El conductor se apresuró a introducir la llave en el contacto y encendió el motor, y nos alejamos de allí con un leve chirrido de las ruedas. La espalda y la cabeza de Isabella se mecían con el movimiento del coche, pero su mueca no desapareció, ni tampoco sus lágrimas. ¿Adónde quieren que los lleve? ¿De vuelta al hotel?, preguntó el chófer. Y Mark le contestó: Sí, vuelva al hotel. ¿Cuándo piensan marcharse de Grecia?, preguntó entonces el taxista, a lo que Mark respondió: En cuanto podamos, en cuanto hayamos hecho las maletas.

13

Ese invierno, un pequeño crucero desapareció en el Pacífico Sur. Un meteorólogo de Nueva Zelanda recibió una llamada por satélite a las dos de la madrugada de parte de una mujer sin identificar, quien aseguró que el barco se encontraba en medio de una tempestad, dio las coordenadas y preguntó hacia dónde debían navegar para alejarse de la tormenta. El meteorólogo, que cubría el turno de noche, le dijo a la mujer que volviese a llamar al cabo de treinta minutos, así tendría tiempo de analizar las previsiones atmosféricas y podría aconsejarla mejor.

La mujer no volvió a llamar jamás. Siguiendo el protocolo, el meteorólogo dio la voz de alarma. Los equipos de rescate iniciaron una búsqueda por radio para intentar contactar con el barco y con la misteriosa mujer que había realizado la llamada de aviso, y cuyo número siguieron marcando tanto el meteorólogo como los equipos de rescate durante las horas siguientes: el teléfono daba línea, pero no contestaba nadie. Luego los equipos de rescate empezaron a contactar con otros barcos de la zona para preguntarles si habían visto una embarcación en apuros, o incluso cualquier tipo de embarcación.

Más tarde enviaron un avión militar para peinar la zona desde la que se creía que se había originado la llamada. Eso ocurrió unas treinta y seis horas después de que se produjera la llamada inicial –una comunicación que no había sido necesariamente una petición de auxilio, sino más bien una consulta precavida, un indicio de la angustia que podría avecinarse– pero el tiempo en el mar es más lento que en cualquier otro medio, ya sea la tierra o el aire. La zona designada era inmensa, basándose en las coordenadas proporcionadas en la llamada inicial, tenía un radio de más de mil millas náuticas. Durante muchas horas, el avión escudriñó la superficie picada y moteada del océano, pero no encontró nada.

Transcurrió una semana. Doscientas treinta y dos personas iban a bordo de ese barco, entre ellos el capitán y la tripulación. Los familiares más cercanos de las personas desaparecidas volaron a Australia durante esa angustiosa semana de espera, y allí se quedaron –se alojaron en un hotel de categoría por gentileza de la compañía del crucero, una pequeña naviera especializada en viajes de lujo por el Pacífico Sur–, como si la proximidad geográfica pudiera aliviar de algún modo la tensión de su ansiedad. Cierto era que muchos de ellos procedían de Europa, de modo que al viajar a Australia estaban unas veinte horas más cerca del momento en que abrazarían a sus seres queridos, una vez que los encontraran y devolvieran a tierra firme.

A medida que el radio de la búsqueda se ampliaba –a esas alturas había involucrados varios gobiernos nacionales, el asunto empezaba a tener una gran repercusión en Inglaterra, la empresa de cruceros, cuyos barcos ofrecían cabinas espaciosas y una excelente proporción de pasajeros y tripulación, era famosa entre las parejas de jubilados–, las familias empezaron a cansarse de su larga estancia en Cairns. Entre otros entretenimientos, el hotel de cinco estrellas ofrecía unas magníficas vistas de la bahía y el mar. Sin embargo, ver el agua no resultaba nada tranquilizador para esas personas. Al cabo de poco, el lujo solo sirvió para recordar a las familias el hecho de que no estaban en casa sino en el limbo, en una espera perpetua.

En realidad, esas semanas no fueron más que el aperitivo de los meses y después años que seguirían, durante los cuales –incluso mientras la búsqueda perdía fuelle y las compañías de seguros empezaban a preparar enormes cantidades compensatorias para las familias de los pasajeros y la tripulación– no hubo noticias del barco y las personas que iban a bordo no estaban ni vivas ni muertas, sino simplemente desaparecidas. En las numerosas entrevistas que concedieron las familias (y que también acabaron por desaparecer, al principio los medios no se cansaban de la historia, los periodistas asediaban a las familias en busca de testimonios, pero luego perdieron el interés de repente, como acostumbra a ocurrir), solían hablar de la dificultad de vivir el duelo cuando no sabían si debían mantener la esperanza o, tal como dijo uno de ellos, «pasar página».

Uno de los motivos por los que era tan difícil pasar página era la naturaleza tan improbable de la desaparición del barco, era pequeño para tratarse de un crucero, pero de grandes dimensiones para ser un objeto que pueda perderse en la época actual, sobre todo teniendo en cuenta que iba equipado con la tecnología más moderna y múltiples sistemas de seguridad redundantes. Nadie tenía una explicación para lo ocurrido, es más, no se había registrado ningún empeoramiento de las condiciones climatológicas –lo cual hacía aún más desconcertante la llamada de la mujer no identificada– y tampoco se encontraron nunca los restos del naufragio. En pocas palabras, el barco había desaparecido sin dejar rastro.

Había muchas teorías acerca de la desaparición del barco, que iban desde la catástrofe natural (el mar se había tragado literalmente el barco) hasta la geopolítica (unos terroristas habían secuestrado el barco). Una de las teorías más populares que circularon durante esa época sostenía que los pasajeros a bordo del navío habían conspirado con la tripulación para orquestar su propia desaparición. Habían comprado los pasajes, se habían despedido de sus familias y después se habían esfumado en el aire, un dato crucial para esta teoría era que el itinerario del barco incluía lugares tan remotos y exóticos como la isla de Vanuatu (conocida por su belleza natural y por la adoración de sus habitantes indígenas por el príncipe Felipe de Edimburgo) y las islas Salomón.

La mera idea de que todos los desaparecidos estuvieran viviendo juntos en una isla tropical resultaba indignante, por supuesto, y aunque era una solución atractiva –los desaparecidos estarían vivos en lugar de muertos, y vivirían con relativa felicidad, en una especie de vacaciones prolongadas en un lugar hermoso–, no carecía de complicaciones, dado que partía de la idea de que todos los que iban a bordo del barco deseaban desesperadamente huir no solo de la vida que llevaban sino de todas las personas que había en ella, es decir, de todas las personas que habían acudido a Cairns con la esperanza de reunirse con los desaparecidos.

Pero ¿acaso no es eso lo que solemos sospechar de los muertos? Por supuesto, en nuestro caso no había nada tan catastrófico como un barco desaparecido, ni cabía la duda de si Christopher estaba muerto o si continuaba vivo –definitivamente, estaba muerto, no había ningún interrogante al respecto ni posibilidad de engaño–, pero aun así en su muerte seguía habiendo algo sin resolver. Una vez que empiezas a tirar de los hilos, todas las muertes quedan sin resolver (contra la contundencia de la muerte en sí, siempre están las olas de incertidumbre que deja su estela) y la de Christopher no era una excepción.

Tal como se había vaticinado, la investigación resultó infructuosa y el caso se cerró al poco de cumplirse un año del fallecimiento, de manera discreta y sin un perceptible aire de fracaso. La policía no confiaba en encontrar al asesino, y por tanto no pareció ni sorprendida ni decepcionada cuando la investigación no dio frutos. Me enteré de la noticia por Isabella. Han cerrado la investigación, me dijo por teléfono. Podríamos presionar para que reabrieran el caso, continuó. Pero no hay garantías de que vayan a conseguir algo más, de hecho las probabilidades son mínimas. No hay pruebas, todo ha sido una chapuza desde el principio. Nosotros estamos mentalizados para dar por concluido este capítulo y seguir adelante, dijo. Pero queríamos preguntarte tu opinión.

Se notaba cierto tono interrogante en su voz, quizá se lo hubiera preguntado realmente. Para mi sorpresa, descubrí que no estaba de acuerdo, prefería continuar con la investigación, poner en marcha los procedimientos legales necesarios para hacerlo posible, tal como había dicho Isabella el caso se había gestionado fatal desde el principio. Tal vez hubiera alguna posibilidad de que encontrásemos a la persona responsable de la muerte de Christopher, una información que serviría para cerrar verdaderamente ese capítulo, y que nos permitiría verdaderamente seguir adelante (el lenguaje que había empleado Isabella era extraño, no se parecía a su forma habitual de hablar, era evidente que había ensayado la frase y que no la decía de corazón).

Antes de que pudiera responderle, continuó: También quería decirte que las inversiones de Christopher —o mejor dicho, las inversiones que Mark hizo en su nombre— han caído en picado, la cantidad apenas alcanza los tres millones de libras. Me quedé tan estupefacta que no me salían las palabras, no había habido ningún indicio de que fuera a heredar una suma de dinero tan cuantiosa. El abogado se pondrá en contacto contigo para hablar de los detalles. No es mucho, continuó sin que se percibiera ironía en su voz, hoy en día no te llegará ni para comprar una casa en Londres. Luego cortó de manera abrupta, me dijo que estaba cansada, que ya volveríamos a hablar dentro de un par de días.

Ese día experimenté lo contrario a la sensación de haber cerrado el capítulo. Para cuando llegó la noche, ese dinero ya me estaba reconcomiendo por dentro, contaminándolo todo. No veía cómo iba a poder aceptarlo y tampoco veía cómo iba a poder rechazarlo. Empecé a plantearme qué cantidad habría sido aceptable, si hubiera sido solo un millón de libras, ¿me habría corroído menos la conciencia? ¿Y dos millones de libras? ¿Importaba el hecho de que mis sentimientos hacia Christopher hubiesen cambiado desde su muerte, o el hecho de que si Christopher hubiera estado vivo y hubiésemos tramitado el divorcio —algo que sin duda habríamos hecho— la mitad del dinero habría sido para mí de todos modos, dado que yo era, según la jerga del divorcio, la parte agraviada?

La gente contrataba abogados y pagaba cantidades exorbitantes para conseguir el resultado que yo había logrado por casualidad, o mejor dicho, por calamidad. Me pregunté por qué no me había hablado Christopher de ese dinero, de esas inversiones… Cuando regresé a Londres, me informaron de que Christopher había heredado una suma importante dos años atrás, en una época en la que nuestro matrimonio continuaba intacto, y que Mark había procedido a invertir esa cantidad por él. Me pregunté por qué había decidido dejar el asunto en manos de su padre, quizá incluso aparecieran a nombre del propio Mark, no había preguntado por los detalles específicos. Tal vez lo hubiera hecho con la idea de una futura separación ya en mente, por lo menos en su mente —una manera de evitar la repartición de bienes gananciales—, o podría haber sido fruto de la mera dejadez, Christopher no necesitaba el dinero.

Igual que yo no lo necesitaba ahora. Y sin embargo ahí estaba, y algo habría que hacer con él. Tres millones de libras… No era codiciosa, lo que menos me apetecía era ser codiciosa en esas circunstancias, sin embargo descubrí que era una cantidad de dinero que me contaminaba la imaginación. Había muchas cosas que podían comprarse con tres millones de libras, pese a lo que dijera Isabella, tres millones de libras era una suma enorme, era una nueva vida y no solo una casa nueva, la casa que, a mi pesar, ya había empezado a imaginarme.

Una semana más tarde, recibí un mensaje de Stefano por Facebook, en el que me decía que Maria y él se habían casado, que eran muy felices y que se estaban planteando formar una familia. No había vuelto a tener ningún contacto con Stefano, en cierto modo me asombró que hubiera pensado en buscarme en Facebook, a través de una cuenta que casi nunca empleaba. Cliqué y vi que había colgado algunas fotos de la boda en la página de su perfil, se habían casado en el hotel de Gerolimenas, habían intercambiado los votos −por lo que parecía en las fotos− en el espigón de piedra en el que una vez me había sentado y había contemplado la ventana de Christopher.

A lo largo del pasado año, en ciertos momentos, me había preocupado que Stefano me cayera demasiado bien, que hubiese permitido que mi interés por su atormentada situación −que, vista en retrospectiva, no era ni siquiera eso, una mujer te ama o no te ama y punto− me cegase y no me dejase ver su verdadera naturaleza. Al fin y al cabo, él tenía un móvil claro, un móvil que era más fuerte que un puñado de billetes gastados, un reloj y un anillo de bodas, más fuerte que varias compras hechas con una tarjeta de crédito. Habría tenido tiempo para planear el asesinato, habría tenido acceso a la víctima, el pensamiento le habría cruzado por la cabeza: «Las cosas serían muy distintas si él no estuviera».

Pero al final me convencí de que no podía ser culpable de asesinar a Christopher, el tono de su mensaje de Facebook era feliz y relajado, había colgado las fotos de la boda con toda libertad y sin dudarlo, unas fotografías que eran de lo más normales. Nunca me habría mandado un mensaje así si en efecto hubiese matado a Christopher. Pero si no había sido Stefano, entonces ¿quién? Después de esos dos acontecimientos coincidentes, la llamada de Isabella y el mensaje de Stefano, mis pensamientos habían vuelto a centrarse en los hechos y circunstancias de la muerte de Christopher, y en la cuestión de la culpabilidad.

La mayoría de los días, creo que a Christopher lo mató un atracador, que fue un crimen absurdo y no intencionado que provocó una muerte sin sentido… aunque cuesta saber qué es peor en esas circunstancias, si una muerte sin sentido o una con sentido. Hay días en los que pienso de forma casi obsesiva en el ladrón; alguien que creo que existe, a pesar de que nunca ha sido visto ni descrito, y mucho menos arrestado, y que sin embargo ahora está libre, una presencia física de carne y hueso cuya vida no ha cambiado a raíz de la naturaleza de su crimen, quien tal vez continúe merodeando por la campiña griega atracando a infortunados turistas. Y al mismo tiempo, me desconcierta pensar que no sepamos absolutamente nada de la persona que mató a Christopher, o que al menos lo dio por muerto antes de huir.

No sabemos cuál es su aspecto, no sabemos si su pelo es oscuro o claro, si lo tiene rizado o liso, grueso o fino o de otra manera, si tiene familia, si hay unos hijos y una esposa en una casa en algún lugar de Mani, si es un hombre pequeño o corpulento, tal vez se trate de un hombre menudo con facciones suaves y piel delicada, ¿por qué no? O quizá mida un metro noventa y tenga la piel marcada por cicatrices del acné, eso también es posible. Ese hombre —en cierto sentido, aunque ninguno de nosotros lo dirá, el hombre más importante de la vida de Christopher, el hombre que le dio muerte, igual que Isabella le dio la vida– es un espacio en blanco.

Pero lo que sí sabemos, si nos atrevemos a imaginar, es que esos momentos finales debieron de ser íntimos, aun cuando la naturaleza precisa de esa intimidad difiera de lo que solemos pensar cuando oímos o utilizamos ese término: el brazo que rodea el cuello, la mano que descansa sobre el hombro, los labios contra la oreja y las palabras susurradas. El suyo no habría sido un abrazo tierno entre dos amantes pero habría sido un gesto íntimo a pesar de todo, el contacto entre los dos hombres debió de ser del tipo más definitivo y significativo, contra el cual palidece toda caricia erótica, incluidas las mías, incluidas las de todas las demás.

¿Vio Christopher al hombre? ¿Hablaron antes de que lo atacara…? Tal vez el hombre le preguntase algo para distraerlo, tal vez alguna dirección, o quizá le pidiera algo de calderilla o fuego, cualquier cosa que sirviera para entablar conversación y hacer que Christopher aflojara el paso. ¿O se abalanzó sobre él por detrás, de modo que Christopher no vio la cara de su asaltante, no lo miró a los ojos —ni siquiera vio las facciones de su rostro ni la constitución de su cuerpo—, sino que su único saludo fue la tosca fuerza de la piedra que blandía, golpeando contra el cráneo de Christopher?

No demasiado fuerte, no con la intención de matarlo… simplemente quería aturdirlo o desorientarlo, le dio con la fuerza suficiente para noquearlo, nada en la naturaleza del golpe indicaba que el asesinato fuese premeditado, era un atraco, no un asesinato planeado. Lo más probable era que el hombre pensara que Christopher solo estaba inconsciente, que se despertaría con un tremendo dolor de cabeza y algo deshidratado pero nada más, si le hubiera dado con un poco menos de fuerza Christopher estaría hoy aquí.

Pero eso sería suponiendo que lo había matado un desconocido, suponiendo que, por ejemplo, no se había tropezado y se había golpeado con las piedras del suelo: un golpe improbable y desafortunado pero no necesariamente imposible, cosas más raras han pasado, la autopsia había revelado que había bebido, que estaba ebrio en el momento de la muerte. En plena noche, esta posibilidad es infinitamente peor, una muerte carente de la menor dignidad, tal vez lo que más habíamos temido durante el curso de la investigación −un desenlace peor que el definitivo, inconcluso− era la confirmación de que no había asesino, de que Christopher había muerto mientras deambulaba borracho y solo.

Una muerte vacía y ridícula. Por eso a veces prefiero, perversamente, la idea de que la muerte de Christopher fue provocada en cierto modo por sus propias acciones, aunque no fuesen intencionadas ni supieran lo que iban a depararle. A veces reconforta pensar que su muerte fue resultado de su paso por el mundo, en lugar de que su muerte ocurriera de forma totalmente azarosa, como si borrase una presencia que había fracasado en su intento de dejar huella, que no había insistido lo suficiente en reafirmar su vida; entonces sí que de verdad sería como si se hubiera desvanecido para siempre.

Sin duda es por eso por lo que, de madrugada, se me ocurren otros escenarios: que en realidad sí había algún marido engañado y vengativo casado con otra mujer desconocida que no era Maria, un marido que lo siguió cuando Christopher salió del pueblo: «corrían rumores de que había una mujer implicada», «un marido celoso podría habernos resuelto el caso». ¿Cabía la posibilidad de que la investigación hubiese fracasado no porque no existiera tal marido, sino porque el pueblo hubiera cerrado filas contra la policía y, por implicación, contra la idea de justicia para el desconocido, el forastero, para Christopher? O quizá los propios policías conocieran a las partes implicadas y hubiesen elegido protegerlas.

Por supuesto, por la mañana esas ideas resultan absurdas y las conjeturas que parecían lo bastante plausibles por la noche se desmoronan. A la luz del día, puedo admitir que mi imaginación solo buscaba un drama en lo que era, lo que siempre ha sido, una muerte transparente. Cuando alguien a quien quieres sufre una muerte no natural, lo lógico es buscar una narrativa más grandilocuente, un significado más elevado, el impacto del propio suceso parece requerirlo. Pero en el fondo no es más que perseguir una sombra. La culpabilidad real no se encuentra en la oscuridad ni en un extraño, sino en nosotros mismos. De todos los sospechosos —desperdigados en cuerpos dispares, existiendo en narraciones separadas— nadie tenía más motivos que yo misma. No tenía un solo motivo, sino en realidad varios: una gran cantidad de dinero que heredar, un marido mujeriego y desconsiderado que, al menos a juzgar por las apariencias, me había abandonado sin más, otro hombre con el que deseaba casarme. Los motivos se habían fusionado a mi alrededor, un manto manifestado por mi sentimiento de culpa: la culpa de los vivos, una culpa que es imposible de expiar.

Y aun así, todo aquello parecía resultarle indiferente a los demás. Vendimos el apartamento unos dieciocho meses después de la muerte de Christopher –yo no quería vivir allí y Mark e Isabella pensaban que era lo más sensato–, y al cabo de poco compré una casa en el mismo barrio, a quince minutos a pie de donde había vivido con Christopher. Yvan y yo nos hemos comprometido y vivimos en esta casa, que es demasiado grande para los dos, pero solemos decir que ya nos adaptaremos a ella, quizá si tenemos hijos, o al menos uno. El dinero que me dejó Christopher –sigo pensando que de forma involuntaria– continúa intacto, algo que creo que Yvan comprende, aunque no sé si piensa que eso cambiará con el tiempo, en cuestión de un año, tal vez dos.

No estoy segura de si cambiará, ni siquiera sé si la relación con Yvan prosperará, no por falta de ganas por mi parte, sino por la suya. Algo en las condiciones del contrato –el acuerdo por el que nos regimos, ni escrito ni hablado pero no menos vinculante– ha cambiado, ahora se ha encontrado viviendo, y además comprometido, no con una mujer recién divorciada, sino con una mujer que ha perdido a su marido y que continúa, aunque trate de ocultárselo, llorando esa pérdida. A veces, cuando estoy en la cama junto a Yvan, recuerdo los días que pasé en Grecia con Isabella y Mark, preocupada por que pudieran detectar las fisuras de mi farsa, el artificio de mi duelo de viuda.

Sin embargo, había menos diferencias de las que pensaba entre el duelo que experimenté y el que creía que era legítimo para una esposa legítima: el duelo que, primero ante Isabella y Mark y luego ante el mundo en general, trataba de emular. La imitación se convirtió en la cosa en sí, al fin y al cabo no había tanta diferencia entre el duelo de una esposa y el duelo de una exesposa… Quizá «esposa» y «marido» e incluso «matrimonio» sean solo palabras que ocultan realidades mucho más inestables, más turbulentas de las que pueden contenerse en un puñado de sílabas, o en todo cuanto se escriba.

Dicen que el duelo tiene cinco fases, que las cosas empeoran antes de mejorar, y que al final el tiempo cura todas las heridas. Pero ¿qué hay de las heridas que no sabes que desconoces, y cuya evolución no puedes predecir? Hay algo que sí sé con certeza: si Christopher continuase vivo, ahora estaría casada con Yvan. No iría a visitar regularmente a Isabella y Mark, ni me reuniría con ellos para ver cómo organizamos la fundación en honor de Christopher (pese a sus reticencias iniciales, Isabella decidió finalmente que le gustaría crear una fundación), ni habría perspectivas de publicar el segundo y último libro de Christopher.

No habría nada de eso, ni las numerosas llamadas telefónicas y correos electrónicos relacionados con eso. No habría noches de insomnio, ni reservas de emociones sin analizar ni conocer, que no hacen más que acumularse y crecer, un abismo negro y sin nombre que me petrifica, en cuyo precipicio parezco hallarme, y del que no hablo con nadie. Contra el cual mi relación con Yvan —la relación actual, la única que importa, cuyos detalles están iluminados a plena luz del sol, de hecho demasiado iluminados para mi gusto, me hace daño solo mirarlos, no hay nada que no quede a la vista— se ve forzada a competir.

A veces Yvan bromea diciendo que fue muy mala suerte que mataran a Christopher y tengo que darle la razón, fue una mala suerte terrible, para todos los implicados. La semana pasada Yvan me dijo que no sabía cuánto tiempo más podría esperar. Y aunque podría haberle contestado: ¿Para qué? —al fin y al cabo, ¿no estaba yo ahí, en su casa, en su cama, no estábamos comprometidos?—, en realidad sabía perfectamente a qué se refería, y lo único que pude decirle fue que lo sentía, y que estaba de acuerdo... aunque ninguno de los dos supo decir qué estábamos esperando, de qué se trataba exactamente.

AGRADECIMIENTOS

Gracias a Ellen Levine, Laura Perciasepe, Jynne Dilling Martin, Claire McGinnis; Clare Conville, Geoff Mulligan, Anna-Marie Fitzgerald. Gracias a quienes leyeron y comentaron los primeros borradores de este libro: Karl Ove Knausgaard, Meghan O'Rourke. Por último, gracias a mi primer y mejor lector, Hari Kunzru.

Este libro se escribió con el apoyo de la Lannan Foundation y del OMI International Arts Center. También me gustaría dar las gracias a Ian Seiter, Stephanie Skaff y al Programa de Becas Hertog del Hunter College.